艰难之路

黄新国　著

中国言实出版社

图书在版编目（CIP）数据

艰难之路 / 黄新国著 . -- 北京 : 中国言实出版社，
2022.2

ISBN 978-7-5171-4053-5

Ⅰ . ①艰… Ⅱ . ①黄… Ⅲ . ①中篇小说－小说集－中
国－当代②短篇小说－小说集－中国－当代 Ⅳ .
① I247.7

中国版本图书馆 CIP 数据核字 (2022) 第 028012 号

艰难之路

责任编辑	郭江妮	
责任校对	王建玲	

出版发行　中国言实出版社

地　　址：北京市朝阳区北苑路 180 号加利大厦 5 号楼 105 室

邮　　编：100101

编辑部：北京市海淀区花园路 6 号院 B 座 6 层

邮　　编：100088

电　　话：64924853（总编室） 64924716（发行部）

网　　址：www.zgyscbs.cn

E-mail：zgyscbs@263.net

经　销	新华书店	
印　刷	天津兴湘印务有限公司	
版　次	2022 年 4 月第 1 版　2022 年 4 月第 1 次印刷	
规　格	787 毫米 ×1092 毫米　1/16　印张 12.5	
字　数	200 千字	

定　价	78.00 元	
书　号	ISBN 978-7-5171-4053-5	

谨以此书献给为收账和《艰难之路》提供过帮助的企业家、恩师、领导、同事、律师、法官、战友、同学、学生、客户、亲友和家人。

我爱你们！

序言：收账路上的情与法

黎福根

不久前，黄新国先生跟我联系，并发来他的作品，嘱我为他的小说集《艰难之路》作序。

新国是我的老朋友，也是老部下。他经历丰富，高中毕业后随即以城镇知青的身份下放农村，继而担任民办教师。曾参加对越自卫反击战，战后在部队任文化教员。1981 年复员转业，进国企当工人，担任管理干部。企业改制后，到我公司担任多个部门负责人和工会主席。正是因为他能言善辩，多才多艺，协调能力强，又有强烈的责任感和坚忍不拔的意志，收账这一特殊任务才落到了他的肩上。

看完他的作品，心里既有一种凝重的感觉，同时又颇感欣慰。凝重是因为曾经我们走过了一段弯路，走过了很长的一段坎坷之路，在诚信缺失、法律相对滞后的年代，各种债款无法正常回笼，才滋生了收账这一现象。欣慰是因为新国能够运用他的智慧，合理合法地追回债款，既为公司挽回了损失，又为社会维护了公平正义。收账过程中，新国屡创新招，面对很多困难的群体，他没有表现出麻木不仁，因人而异，因地制宜，想尽办法帮助他们走出困境，创造自己的幸福。同时顾全公司的营销大局，既让资金及时回笼，又没有伤害公司与客户的友好关系。这样，还债的时间虽然长一些，但确实起到了双赢的作用，也彰显了企业的诚信和对社会责任的担当。

在收账过程中，新国经常带回很好的建议和意见，充分调动和借助各方面的力量，围绕收账开展一系列活动，改进了对债务的许多管理措施，堵塞了不少漏洞，采取行之有效的办法，使"老赖"无法躲避。对于那些确有困难的人，他要求按实事求是的原则给予特殊的延期或减免关照，我都一一答应了他，并给予他充分的信任、支持、鼓励。这为公司的发展和保持良好的声誉起到了重要作用。

《艰难之路》一书共有十个篇章，叙述了情境各异的收账故事，生动演绎了各种切实可行的方法，塑造了众多诚信、敬业、慈爱、感恩的正能量人物形象，也不乏耍小聪明、见利忘义之辈。这些方法，不是作者凭空臆造的，而是把他自己二十余年收账获得的经验，进行了艺术展现。这些经验来自实践，是可靠可信的，也是极其宝贵的智慧结晶。

目前，随着社会的进步，不仅相关法律及制度已经大大完善，现代企业管理也在不断改进。但是，无论是企业还是个人，收账现象在相当长的一段时间内肯定还会存在。怎样利用智慧和法律，而不是采用暴力的方式追回债款，将是每一个人都要学习的知识。因此可以说，这本书的意义和价值不在于它的文学价值有多高，情节有多曲折，而在于它的社会意义，在于它能够为广大读者带来教育和启迪，为社会带来一股清新的空气。它将告诉我们，如何正确收账、运用智慧来追寻社会的公平和幸福。

此书能够面世，既是公司企业文化结出的一项硕果，也是公司员工向社会的一种经验奉献。甚喜！

是为序。

2021 年 8 月 8 日

（序言作者系丰日电气集团股份有限公司董事长）

C目录
ONTENTS

俯首称臣

凌晨五点，人们还在梦乡。淮洲市南江花炮厂何老板的手机骤然响起。手机里传来一个熟悉的声音："老板，快来救我！"

何老板知道是他的营销主管李飞案发被抓，顿时有些慌乱。因为一年一度的花炮节即将来临，有些客户甚至已提前到达。如果营销主管不能按时到场洽谈签单，大批的订单将付之东流，明年就得停产。何老板深感事态严重，马上召人商讨对策。

究竟怎么回事？这还得从江峰受命收账的一次会议说起。

年初的某天上午，金溪电气公司企管部长朱枫急匆匆地通知江峰："马上到帅总办公室开会！"江峰急匆匆地赶到帅总办公室，暂时无人。江峰一边等人，一边端详挂在墙上的几幅牌匾：全国民营企业五百强、年产销过四亿企业、年纳税过三千万企业、公益捐资累计过四千万企业、全国优秀退伍军人，还有几张国家、省、市领导人来公司视察和帅总几次进京领奖的照片。江峰每看一次都会产生崇敬和骄傲之情，因为这是帅总当年从一个穷山沟里起家，历经三十年拼搏才取得的成就。听到身后有沉稳的脚步声响起，江峰赶紧转过身来。

帅总进来了。笔直的腰杆，显公正、精神；坚定的步伐，显稳健、自信；宽阔的额头，显富有、大气；闪烁的眼神，充满慈爱、智慧和胆识；高耸的鼻梁和浓浓的眉毛之间蕴藏着一股浩然正气。大概这就是恩威并重的企业家典型形象吧。

回过神来，江峰走到已落座的帅总面前："帅总，您有何吩咐？"

帅总亲切地问："技术部陈华直肠癌的救助募捐活动募了多少钱？"

江峰立马回答："到昨日为止，公司内共有 508 人捐了 15.83 万元。"

帅总露出了笑容："这还差不多，这个活动你们工会搞得好。"

开会的人开始陆续进来，帅总从抽屉里拿出一个厚厚的信封和一张报纸，对江峰说："昨天我从报纸上才晓得，古城村有两姐妹因为家里穷准备退学。明天我要去省人大开会，没时间，这一万块钱你帮我送过去。"

江峰接过信封，情不自禁地说："帅总，您真好！"

帅总微微一笑："江峰，多行善事多积德，万寿无疆。"

见人已到得差不多了，帅总朝朱部长点了点头："可以开会了。"

朱部长站起来说："各位，李飞的案子四年了，毫无进展，今天开个会，集思广益，专题商讨对策。"接着他简单介绍了李飞案件的基本情况："李飞，四十有余，四川人氏。原为市政府公务员，前几年政府组织百名人才下企业，李飞停薪留职，下海淘金。我们聘他为公司营销副总。他工作了两年，欠下110万债务，不辞而别。我们起诉到了法院，也判决了，但一直未结案。"

帅总拍着桌子激动地插话："我对李飞曾委以重任，每次借钱都准了，费用也报了，还要怎么样？我待他不薄，他竟这样回报我，真是忘恩负义！"帅总已是奔六十的年纪了，由于长年操劳，头上较多白发，脸上布满沧桑，声音有点嘶哑，但双目炯炯有神。

看到帅总如此激动，大家纷纷站起来发言。

市场部潘部长一脸愧色："我们当时管理松懈，管理人员可以做业务拿提成，销售费用是先支后报，有空子可钻。李飞编造项目，套取了资金。"

财务主管康茜补充："李飞前后借了300多万，业务提成抵消90多万，报销了100多万，还欠110万。"

一直在旁沉默的嘉木律师站起来，陈述案件追踪情况："这案子一直是我在搞，法院缺席判决交执行局之后，我也去催过几次。听执行法官说，被执行人行踪不定，几次都溜了。他们到李飞原所在单位查，无工资，也去房管局、车管所、银行查了，无财产可冻结，执行局要我们提供线索再搞。目前已终本，暂停执行，搁置起来了。"

帅总有点火了："总拖总拖，何时有结果？现在有人笑我，说我是赢了官司，丢了钱财。几个钱倒无所谓，就是要伸张正义，警示后人。尤其对品行不端、道德丧失的人，我是深恶痛绝的，决不能让李飞长期逍遥法外！"

大家纷纷献计献策，会场比较热闹。

最后，帅总作总结了："我看嘛，还是要派专人跟踪。江峰知识面广，办事有主意和魄力，我看这事就交给他。"

还没等江峰表态，众人先鼓起掌来。江峰知道这是个烫手的山芋，面露难色，站起来想说话。帅总果断地朝江峰挥了挥手：

"江峰，莫要推辞，这事非你莫属，就这么定了！"

帅总进一步强调："任何人不得插手，江峰直接向我汇报。"

江峰深知帅总脾气，历来说一不二，只好领命。晚上，江峰正在家看电视剧《亮剑》。帅总打来电话："江峰呀，李飞案子影响很大，我给你时间，你一定要争取突破，赢了我给你庆功！"聆听着帅总语重心长的嘱咐，江峰深感任务重大，心里沉甸甸的。

次日，江峰就去法院执行局对接。

首先拜会唐局长。江峰敲门进去，唐局长正在伏案疾书，一抬头看到江峰，马上放下笔："有何事？"江峰自我介绍，说明来意，唐局长当即打开电脑查询。过了一会，唐局长说："此案目前已终本，我帮你安排个法官重新执行。"然后打了个电话。

稍许，一个身材魁梧精神饱满约四十来岁的人推门进来。

唐局长起身作介绍："他叫廖勇，部队侦察兵出身，机智、干练、踏实、爱憎分明，为人耿直公正，敢作敢为，是我院的优秀执行法官。"

江峰与廖勇紧紧握手，感觉廖勇的手是那么刚劲有力。

唐局长快人快语："这是金溪电气公司的江峰，他们公司那个李飞的案子交你重新搞。"

廖勇双脚并拢，来个立正姿势："坚决完成任务。"

于是江峰与廖法官同去档案室，把尘封已久的李飞案宗重新调了出来。转身来到廖法官办公室，江峰掏出一包二十多元的名烟芙蓉王丢了过去。

廖法官立马丢了过来："谢谢，职责所在，不必多礼。"

　　江峰哪肯罢休，将烟塞到廖法官办公桌抽屉里。

　　廖法官立马拿了出来，开包拿了一根，把剩下的又丢还给江峰，笑着说："盛情难却，不抽一根，你会说我不近人情。"

　　敬佩之情油然而生，江峰走上前去为其点火："您如此廉洁，与您合作真是三生有幸。"

　　他哈哈一笑："不奇怪，我们院里法官都这样。"

　　接下来廖法官就和江峰一起分析研究案情。大约过了一个多小时，廖法官叹息一声，抱歉说："从案宗中确实无法找到线索。"江峰未免有点失望，坐在那里发呆。

　　廖法官礼貌性地与江峰闲聊了一会，然后起身安慰江峰："这个案子我会重点关注，只是我分管本市整个南区的案子，陈案多，人手又少，确实忙不过来。你有时间多去跑跑，看能从亲友熟人中找到线索不，我们随时保持联系。"

　　廖法官显得有些无奈。江峰刚才还热着的心，一下掉在冷水盆里。但他肯定廖法官不是推托。闲聊中，他了解到，廖法官十年前意外失去一个儿子，可他凭着非凡的意志挺了过来。江峰相信廖法官的敬业和坚韧。他暂时告辞，回想廖法官"从亲友熟人中找线索"的话，觉得就是大海捞针也得捞一捞。

　　回到公司，江峰先在内部找人，了解李飞的兴趣爱好，希望从中找点线索。一日，到食堂午餐，他和常与李飞进京出差的戴林聊上了。

　　戴林说："李飞烟酒不沾，脑袋灵活，察言观色，巧舌如簧，文笔了得，是个难得的人才。就是聪明过度，爱财如命，为人不讲诚信。唉，可惜了。"接着，戴林悄悄向江峰透露，"李飞老婆住在市磷肥厂。"

　　次日，江峰抱着试试的心理，前往磷肥厂现场查访。一进磷肥厂，映入眼帘的是：残垣断壁，杂草丛生，人迹稀少。昔日全市响当当的著名国企，已没了车如流水马如龙的繁华，眼前是一派荒凉景象。江峰叹息伤感了半天。一路人告诉江峰，该厂已解散多年，早已人去楼空。看到一老婆婆蹒跚着迎面走来，江峰上前施礼：

　　"老婆婆，我跟您打听个人。"

老婆婆耳聪目明，当即回答："找谁呀？李飞？你运气好，找对人啦。我与李飞做过邻居。"

江峰高兴地问："您知道他现在住哪吗？"

老婆婆说："树倒猢狲散，全厂职工早各奔东西了。不过我听说李飞与珊妹子五年前就离婚了，他一个人在市内租房子住呢。"

"他租住哪里？您知道吗？"

"那我不晓得。"

江峰有些失望，遂掉头回市内寻找。却苦寻无果。

想到李飞档案里有记载他下海前的工作单位，江峰又去政府部门查访。政府办的陈主任，用同情的语气告诉江峰："李飞呀，反应神速，能说会道。就是过于贪财，耍小聪明。"陈主任叹息一声，"法院来过几趟人找他，听说他有债务纠纷，惹了官司。唉，不晓得他为啥混得这样糟糕。"

江峰提问："您知道他现在在哪里不？"

陈主任摇了摇头："他下海之后就失联了，泥牛入海无消息，也不知是死是活。"

还是一无所获。江峰只得又一次失望返回，心情相当郁闷，甚至有点泄气了。

深夜，躺在床上的江峰，不断地问自己：怎么办？鸣金收兵吗？那又如何向帅总交差呢？

想到帅总，江峰的心头又泛起悠悠往事。

那年，市国营嘉年华纸业有限公司实行改制，工作了二十年的江峰，怀揣着一万六千元的买断补偿款，含泪下岗。在寻找出路多次受挫的时候，被金溪电气公司帅总聘为办公室主任。这一干就是十五年。

江峰是会计专科出身，在国企当过多个部门主管，多才多艺。帅总提供平台，让其尽情施展，先后委以几个部门掌门人职务，现在又让其领衔工会当主席。根据江峰的素质和特长，帅总还安排他兼职收烂账。江峰孤身南下北上，足迹遍布全国。十五年间清收烂账三千多万元，享有常胜将军美誉，同时也获得了一份额外可观的奖金收入。

想到这里，江峰感慨万分："没有帅总这衣食父母，我哪有这般神气？"

江峰突然觉得有点胸闷，打开抽屉，想找救心丸，突然看到夹在文件袋里的亚心医院病历本。他随即想起了那救命的十万元钱。原来几年前，江峰在鄂城收账途中，突发心肌梗塞。帅总闻讯在十分钟内安排财务汇款十万元，让江峰住进著名的亚心医院，及时进行了心脏手术，保住了江峰这条命。江峰的脑海里立刻翻腾起来，他想：虽然案款历来都是律师的事，也不在自己收烂账的范围，但人要知恩图报啊，就是再苦再难，也要竭尽全力，为帅总排忧解难，决不能半途而废，愧对帅总。世上无难事，只怕有心人。哪能就此罢休？

接着干！江峰拿定主意，坚定了信心。尽管整夜未眠，天一亮他就赶到了公司。

江峰把主管的工会工作作了部署安排，又把寻访人士、区域一一列表，准备打一场持久战。从此，只要处理好了本部门的日常事务，江峰就一轮一轮地不分昼夜在市内地毯式搜索起来。

有一天，江峰街头偶遇一离职工友江鹭，叙旧之后与之闲谈。江峰提到目前烦心事，江鹭连忙说："别烦别烦，年初我见过李飞，听他无意中说，好像在南江花炮厂当销售总监。"南江花炮厂？意外收获，江峰欣喜若狂。立即拨通了执行局廖法官的电话。廖法官二话没说，立刻相约江峰同去市花炮局了解情况。

驱车来到花炮局，陈彦局长对他们很客气："确实有这个厂，我曾去过一次。该厂地处南乡瑶山镇老树村一偏僻的山沟里，离这里约有六十余里，道路坑坑洼洼，很不好走啊。"陈局长接着介绍，"南乡是本市花炮的主产地，几乎家家户户做烟花爆竹。近年来小型花炮厂如雨后春笋般崛起。"

廖法官站起来问："这个厂子办得还好吗？"

陈局长回答说："这个厂才建几年，年产值也就五千万吧。平时做事也就八十来人，做不赢时就分派给附近的农户加工。由于规模小，建厂时间短，在本系统内名不见经传。"稍作停顿，陈局长又提示廖法官："老板姓何，五十来岁，说话好听，圆滑精明，比较爱兵。"接着廖法官又问了几个相关问题，陈局长都一一作答。

突然，陈局长想起什么，从抽屉里拿出个笔记本："哦，我这里有他的电话。"刚说完，陈局长的手机响了，秘书告诉他开会时间到了。陈局长站起来拱手辞客："好了，就这样，抱歉啊，我要开会了。"

回程路上，廖法官不无感慨地说："李飞真鬼呀！知道隐藏在这个山沟里，简直就是深度潜伏的老牌特务。"话音刚落，两人笑了起来，因为近期正在热播电视剧《潜伏》。接着商量措施，最后形成一致意见：为了不打草惊蛇，暂时不惊动何老板，直接去现场，抓他个措手不及。

当他们按照约定日子，一路车马劳顿，兴冲冲地找到南江花炮厂时，一进门就碰了一鼻子灰。行政办的秘书告诉他们："确有李飞这个人，是我们的营销主管，不过昨天刚刚出差，何老板也去省城了，领导都不在。"他们又转找销售部。销售部一位短发姑娘得知他们来意后，相当配合，马上联系李飞。电话通了，但连打几次都无人接听。她又发了条短信，等了好久还是没有回信。她朝他们摊开双手，无可奈何地说："他经常这样，我们也无奈。"他们无功而返。后来又去了几次，但每次都扑了空。

有一次，廖法官想到了委托扣款办法，就上门找该花炮厂何老板，很巧，何老板在厂。

何老板非常热情，起身递烟，叫人泡茶。廖法官说明来意，要求何老板配合，从李飞的营销提成中代扣案款。何老板沉默了一会，朝门外看了看，降低声调说：

"李飞在我这里确实每年有 150 多万元提成，但都被他当时就领走了。目前他的往来账上已没有进项存款。"

廖法官说："他后面还会有提成收入吧？"

稍作停顿，何老板露出为难的神色："上个月他就申请辞职，我好言相劝，请他帮我搞过今年。他很不情愿，勉强答应。我估计他随时有可能离职，法官啊，哪里有款可扣呀。"

再次失望而归。车子颠颠簸簸，前进在乡村简易公路上。江峰猜测，何老板是怕得罪人，很圆滑，说得婉转，叫人哭笑不得。此案再次陷入僵局。

　　岁月悠悠，一转眼，就到了金秋时节。面对着追踪快一年的李飞债务，江峰静坐窗前搜肠刮肚、苦苦思索。突然，传来隔壁办公室孔莘的声音："帅总，这是工商联送给您的花炮节门票！"花炮节！江峰眼前一亮，觉得机会来了。当晚，江峰专门收看了本市电视新闻，又叫女儿用家中电脑上网查询有关花炮节的介绍。网上是这样介绍的：花炮，是本市历史悠久的传统产品，因其品种繁多、质量可靠、效果奇特早已享誉全球。从而为本市带来滚滚财源和无限商机，经销商数不胜数。市政府为了推动经济发展，每年十月举办一届花炮节。届时，国内外的经销商都将云集本市、洽谈订货。

　　江峰陷入了沉思：作为花炮厂的营销主管，李飞肯定不会放过花炮节的签单机会，他必将浮出水面。江峰心中暗喜，可转念一想，他狡诈异常，未必就范，一有风吹草动就可能开溜，如果现场抓人，很可能给花炮盛会带来负面影响，给所在的南江花炮厂造成损失。要确保抓捕成功又能排除负面影响，必须想一个万全之策。

　　次日，上班时间，江峰翻阅桌上李飞的资料。反复揣摩那个能打通却又无人接听的无可奈何的电话号码。突然，心中一动，想出一招：引蛇出洞，请君入瓮——诱捕！

　　怎么诱捕？姜太公钓鱼，愿者上钩。怎么抛诱饵？江峰心里又琢磨开了。李飞与江峰较熟，江峰若出面，会引起他的警觉，必须找一个他不认识又懂花炮经销的人来抛诱饵，扮演引蛇出洞的角色。而最好的诱饵就是求货，唯利是图的李飞如果知道了信息，必然咬钩！但是如何将求货信息传给李飞呢？江峰一边思考着一边前往市区。

　　几经周折，寻到一位合乎角色条件的友人饶平。经说明情况，饶平表示愿意帮忙。两人商量，为了让对方深信不疑，首先必须知己知彼，进一步了解南江花炮厂情况。深夜，江峰和饶平打开网页，寻找李飞所在花炮厂的广告。刚输入该厂名称，画面和文字介绍就跳了出来。法人代表、注册资金、建厂时间，产值规模，销售范围，产品品种、质量认证等一览无余。为了调足对方胃口，他俩特别关注了文字介绍中的产品类形、品种，然后把这些品种名称熟记于心。情况熟悉完毕，马上编写一则求货信息，并仔细推敲其中文字，力求用词用字精确无误。接着，江峰核对了花炮行业的几个厂商联系信息群，确认无误后，他才朝饶平连连点头："可以抛食了。"饶平会心一笑，立马将求货信息发入李飞那个无可奈何的电话号码和几个花炮行业信息群。

立刻，在本市花炮行业的几个信息群内，同时出现了一条这样的求货信息：本人李晋，在香港从事烟花爆竹生意10余年，市场广阔，朋友众多，资金雄厚，诚信守法。现急需大量的加特林、卡秋莎、礼花弹、大地红等十几个品种的花炮，有意者请速与我联系。如首次合作成功，可以长期供货。

这则求货信息发出后马上有人回应。但饶平都以所需品种不全等理由，简单应付，专等南江花炮厂和李飞的电话。

一日后，饶平的手机上收到一条短信："先生，您好，我是南江花炮厂营销主管李飞，欢迎您来到本市。能否与您先电话沟通？也许我能让您满意。如行，请回复。"等待已久的鱼儿咬钩了，饶平当即回复："欢迎垂询。"半小时后，手机响了起来，对方自称是李飞，说是来电问候请安。听到李飞名字，饶平一阵狂喜，立马与之周旋起来。饶平主动套近乎："你也姓李，十八子的李吧，家门呀，真是有幸，我们前世有缘啊！"接着饶平以行业内人士的口吻，故意说了几个对方生产的产品名称。李飞迫不及待地回答："李先生，非常荣幸，您要的品种正是我们厂的主打产品。"

饶平故作惊喜："我都找好几天了，有这个没那个的，真是伤透了脑筋。既然你都有货，谢天谢地！"饶平沉着冷静，机智应答，调动了李飞的兴趣，他以为这是一次赚取巨额利润的好机会。其后，李飞又来了两次电话，饶平以需要磋商购买价格、供货数量、供货方式、付款办法等为由，要求李飞当面细谈。李飞求财心切，几番下来已毫无戒备，遂应承在市内某酒店见面。

苦苦等待的机会终于来了。江峰立刻以非常激动的心情告知了法院执行局廖法官。廖法官闻讯立马召集会议，商量抓捕细节，决定提前进入相约酒店，守株待兔。散会时廖法官进一步强调："请大家准备充足，这一次绝不能让李飞溜了。"

当日上午，约见时间到了，江峰安排的辩论者友人老姚老春传来消息：李飞已入住酒店某房间。得到信号，廖法官和早已潜伏在酒店周围的四名身强力壮的法警，非常敏捷地一拥而上。其时，门未关，李飞正西装革履地坐在办公桌前摆弄电脑，满怀即将签单的喜悦，得意地哼着无名小调。看到众人拥入，李飞还以为是来洽谈订货的团队，连忙起身让座。廖法官亮出执行公务证，说明来意。顿时，李飞像泄了气的皮球，一屁股跌坐在床上，脸色惨白，浑身颤抖，束手就擒。

初战告捷，法警即将李飞押回法院执行局审讯。

下午，在执行局的办公室里，江峰坐在李飞的对面，静静地打量着这个公司曾经的风云人物。也许是他聪明过人，四十多岁就已秃头，周围挂着稀疏的头发，乡村人戏称为"聪明绝顶"。他骨碌骨碌转动的眼球和鹰钩鼻告诉你，此人非常狡诈奸猾。看他薄薄的嘴唇则可推断此人必定能言善辩，微微翘起的嘴角挂着不认输的倔强，马字形的脸上露出一副不屑一顾的表情。

法官推门进来，给在场每人倒了一杯热茶，然后端坐在李飞对面，开始了审讯对话。廖法官开诚布公，直捣黄龙："法网恢恢，疏而不漏。李飞，你迟早落入法网。你就是隐藏再深，我们也要把你挖出来。"廖法官的话，字正腔圆，掷地有声，充满着一股令人胆寒的杀气。李飞开始紧张。

法官接着责问："李飞，你在金溪公司欠下的债务法院都判决四年多了，你为什么一直不主动去公司还清债务，也不来找我们搞清？非要我们来抓你？你东躲西藏的，让我们找你找得好苦呀。"

李飞嬉皮笑脸，拱手向前："抱歉抱歉，失敬失敬。"他开始使出第一招：装聋扮哑。

"我不知情啊。我从没有收到过法院的任何公文或传票。不知者不为罪吧。"

廖法官拍案而起，指着李飞的卷宗："李飞，你好好看看，你的档案在这里，开庭通知、判决书你当时都签了字，还说不知情，我们法院会这么不靠谱吗？你纯粹是狡辩！"

证据确凿，李飞一时语塞。眼神里掠过一丝不易被人察觉的慌张。

廖法官嘲笑着："李飞，你还想抵赖吗？"

李飞又使出第二招：鸣冤叫屈。

"法官，实在是冤呀！我在金溪欠下的债务，是我当年任销售总监搞市场欠下的。实际上我借的那些钱都投入了市场，我又没有拿回家私用。冤枉呀，真是天下奇冤！"

廖法官见招拆招，迅速还击："你如果有冤情，为什么开庭时不到庭？为什么不到法庭上辩护？为什么判决以后你不向中级人民法院继续申诉？据我调查，按金溪公司规定，你该报销的都报了。你是理亏心虚吧？"

廖法官意犹未尽，又接着说："法院判决了的就得生效。只要原告申请执行，我们执行局就按法院判决强制执行，所以我们叫执行法官或法警，是你们这些'老赖'的克星。你这个读过大学的国家干部、企业高管，不会连这点常识都没有吧。"

李飞见糊弄不了，又使出他的第三招：装穷。

"我没钱，拿什么还债？我的财产你们肯定都查了，我是光棍一根，烂命一条。"

廖法官有备无患、不慌不忙的站起来揭穿他的把戏："李飞，我们知道你很狡猾，你肯定隐匿了财产，一时查不到。你在南江花炮厂每年有150多万的提成，你怎么会没钱呢？"

李飞又使出第四招：推托。

"好了好了，我认这个债，但有很多人欠了金溪公司的债，有的数字比我大得多，他们都不还，为什么偏偏要我还？"

廖法官见李飞开始溃退，立即步步追击："金溪公司内谁欠了谁还了，我不知道也不是我管的范围，只要法院判决，原告申请，收账就是我们的事。不过我告诉你一条公理，欠债终究是要还的。中国自古以来就是：杀人偿命，欠债还钱，天公地道！"

李飞使出他的第五招：拖。

"这么大数字的债务，要我一时还清是很困难的，容我设法筹集，慢慢来还。"

廖法官见胜利在望，就站起来，要打消李飞最后的侥幸心理："我们早闻你聪明过人的大名，今天放了你，你又会消失得无影无踪。人海茫茫，到哪里再找你？不行，今天必须一次性搞清，否则我们就把你关个一年半载。"

李飞预感到今天不还清债务将难以脱身，就使出第六招：连哄带吓。

他皮笑肉不笑与廖法官套近乎："我们都是公务员，你那么认真干啥？"

廖法官昂起头，非常骄傲地说："这是我们的职责和使命。不认真，你这样的老赖能服法吗？"

李飞一副热脸贴在冷屁股上的样子，皮笑肉不笑的脸上露出几分凶狠："法官，我可知道你儿子在哪个学校，读几年级，我认识他。"

"你要我儿子作筹码吗？我是死掉一个儿子的父亲了，你也同样作为有儿子的父亲，只怕你一旦失去儿子，就不能像我一样挺得过来。"

李飞刺心的一招，却扎在钢盾上，又使出第七招：求助。

李飞朝江峰放出求助的眼神，然后作了个揖："老同事，帮帮我！"

拘留所的事情江峰早有耳闻，进去就得受苦。看着这位昔日公司的风云人物，江峰于心不忍，就站起来苦劝："李总，你是高素质的人才，帅总都曾经那么喜欢你，你为啥要受这个苦？你是聪明人，好汉不吃眼前亏，你就配合他们吧。"

李飞见江峰言辞恳切，不好发作，就狠狠地说："我今天是虎落平阳被犬欺！"眼见大势已去，李飞使出第八招：赌咒发誓。

"宽限我一个星期，我向亲友尽快筹足这笔钱，给你们送过来。我有这个能力，请再相信我一次。我对天发誓，如果我说话不算数，天打雷劈，出门被车子撞死！"

廖法官敲了敲桌子，大笑了一声，说："李飞，早知今日何必当初，如果你早点主动来找我们，还有得商量，现在晚啦。你已经没有信誉可谈了，谁还相信你。除非是个笨蛋或脓包。"

李飞的心理防线彻底崩溃，使出第九招：号哭。

"我是四川人，孤身来到这里，政府那点微薄的工资怎么买房买车？别人能够豪宅靓车、挥金如土，我为什么就不能？我是不服气的。下海的日子并不好过，跳了好几个企业，钱没赚得几个，累得要吐血。第一个老婆离婚了，现在的老婆又嫌弃我，我现在真的是举目无亲，处处背时。"

廖法官看其哭得凄惨、说得伤心，就倒了杯茶递过去，然后帮李飞分析总结："人要立业，必先立德。你是道德上有缺陷，要修补。君子爱财取之有道啊。"说到这里，廖法官点着手上一根烟，吸了一口，"我们若同情你，今天把你放了，我们就是失职，就是对申请执行人犯罪，就是对法律的亵渎，就对不起这身制服。"

这场辩论进行了近两小时，眼看大获全胜。江峰正暗自高兴，李飞却突然站起来，使出第十招也是最后的绝招：耍赖。

只见他抹了把头上稀疏的头发，仰起头，摆出一副无赖似的腔调号叫起来："我就是不还，看你们能把我怎么着。"

廖法官知道李飞已黔驴技穷，站起来向两名在场的法官使了个眼色，然后朝李飞猛喝一声："顽固不化，骚扰公务，把他铐起来！"

两法官掏出手铐正欲上前铐人，谁知李飞立马停止号叫，瘫坐在椅子上，也不再吭声，歪着脑袋，一副死猪不怕开水烫的模样。

亲历这场正义与邪恶的决斗，江峰的心被深深地震撼。他想，执行法官的工作是何等的艰难，那种威武不屈、寸步不让、勇于担当的尽责精神又是何等的珍贵，那种见招拆招的非凡智慧和高超技能又是何等的让人钦佩！江峰对执行法官深深的敬意油然而生，他起身走到茶几柜前，为在场的法官泡茶。

在执行局这两个小时，李飞就是不配合。眼看再谈下去也不会有结果，廖法官就与另外两名法官一起，将李飞关进本市拘留所。走进拘留所大门，李飞就被脱得精光，接受检查。他握拳不放，被狱警强行掰开。瞬间，一把车门钥匙掉落在地。廖法官闻讯大喜，接过钥匙，即行回酒店寻车。果然有一辆对应的奔驰越野车停在那里，当即回来审讯。

李飞一脸无奈："这是省城我二婚妻子的私家车啰，你们扣了是违法。"

廖法官忍不住想笑："不管注册是谁的名字，都是夫妻共同财产，法院有权扣押，你连这个都不懂吗？李总。"

李飞感到大势已去，就坐在冰冷的地上哭了起来。

随即，廖法官联系车辆评估公司，对车子进行评估：此车价值也就60来万，不足偿付案款110万。于是，廖法官一行，又返回拘留所，继续提审李飞。李飞仍然顽抗，就是不予配合。众人只好暂时息战，打道回府。

离开拘留所，已伸手不见五指，江峰深感身心疲惫，肚子也咕噜咕噜叫起来。这时候大家才意识到还没吃晚饭呢。江峰要上酒店请客，廖法官横竖不肯。于是，大家找了家路边小店，不紧不慢地吃起炒粉来。也许是饿了，大家吃得津津有味。

这时，廖法官的手机响了，手机中传来一阵悦耳的童声："爸爸，你说话不算数，你都一个星期没陪我做作业啦。妈妈说，你再不回来就不要你啦。"

廖法官："宝贝，爸爸马上回来。"

他回过头来，笑着说："娇娇崽，黏我。"

江峰伸出大拇指："各位法官，你们是这个。"

他们都笑了，说收夜工是经常的事，今天还算是早的了，有时蹲点守候还要干通宵。

廖法官说："干我们这行，职责所在要担当，只是有些愧对家人。"

突然，几声闷雷般的巨响滚过大地，一道道耀眼的亮光闪过，一朵朵美丽的烟花腾空而起，绽放在城市漆黑的夜空。大家知道，花炮节的大型焰火燃放彩排开始了。江峰望着夜空中的烟花，回想几个月来的亲历亲闻，让他充满了对执行法官的敬佩和感动。他清楚地意识到，没有广大执法者和人民警察的辛勤守护，哪来这美丽的焰火烟花。

凌晨，李飞耐不住了，蚊虫叮咬已让这位企业高管吃尽了苦头，他拍打着拘留所的房门，大声嚎叫："快来人呀，我要打电话！"

狱警递过手机，李飞上气不接下气，打着哭腔向南江花炮厂何老板求救。

于是就有了文章开头的那一幕。

在强大的法律面前，李飞，这个深度潜伏的老赖终于智穷力竭、俯首称臣。

当日，案款110万一次性到位，法院立马放人放车。搁置了近5年的陈年案子终于宣告结案。江峰如释重负，众法官喜笑颜开。

得胜归来，引发热议。公司加大了资金管理力度，欠账者陆续解款还债。

年底，帅总设宴款待办案人员。酒过三巡，帅总笑嘻嘻地端酒走到江峰面前，附耳告诉江峰："你为我出了口恶气，协办有功，明日去财务部领奖一万元。"

江峰喜出望外，接过酒杯，一饮而尽。

泼妇跪恩

二十世纪末初夏的夜晚。

一场筹备已久的"五一"劳动节联欢晚会，正在金溪电气公司的戏台上隆重上演。

节目表演唱《金溪人才美佳佳》，在清亮激昂的京胡伴奏声中，八名清爽亮丽的帅哥靓女，激情四射，动作整齐，声音洪亮，异口同声地唱道：

"金溪的景色美如画，金溪的声名传天下。优质的产品，勤劳的员工，慈爱的老板，美佳佳！"

台下立刻爆发出雷鸣般的掌声。

节目讲述的是公司的好人好事，歌颂的是人间美德，弘扬的是时代精神。由于故事感人，台词幽默风趣，演员表演夸张，声音高亢嘹亮，加上主旋律《脸谱》调子的京腔京韵十分闹台，还有京胡的悦耳动听，八段表演唱，段段传神。公司内外五百多人的演出现场爆满，叫好声、尖叫声、笑声、掌声，回荡在山村的夜空。

表演唱取得了空前的效果，毫无疑问，获得了晚会节目第一名。

江峰，是表演唱节目的编剧、导演、领衔主演，一时间获得好评如潮。

江峰激情满怀，正开始下一场晚会节目的创作构思时，帅总一声传令，把他拉入了没有硝烟的艰难收账战场。

云沩山脚下的金溪公司，万籁俱寂。月亮躲到云层里去了，夜空中稀疏的星星闪着微光，远处传来几声猫头鹰的叫唤，农家的屋场里传出几声狗叫，晚风送来清新凉爽的空气，空气中洋溢着阵阵花香。

这是晚会结束后的第八天，晚上十一点多，江峰没有睡意，站在公司宿舍的窗前，欣赏着山村的夜色。

这时，江峰身上的扩机响了，一看来电号码，就知道是帅总家里的电话，他急忙从三楼下到二楼老板的家。

帅总从卧室衣柜的抽屉里，拿出一叠厚厚的纸条，摆在客厅的茶几上，指着茶几上的条子说：

"这是我历年来没有通过财务私自借给乡亲们的钱，总数估计超过五百万。"

江峰露出惊讶的表情："哇！这么多！"

帅总接着说："他们都是因为有困难才向我借的，多数是为了办厂。我们这一带实在太穷啦，靠我一个人是改变不了的，只有多培养点富翁，才能带动这里的经济。所以只要有人办厂，我就支持。"

江峰露出敬佩的表情，但随即又有些担心："这可不是小数目啊，他们有还吗？"

帅总说："有些人讲信誉如期还了，有些人确实有困难，有些人是耍赖。"

帅总接着说："公司现在已经做到了五千万了，花钱的地方太多了，目前资金周转比较艰难，我想找人收回这些钱来，投入公司周转。"

江峰问："这些年没派人去收吗？"

帅总叹息了一声，回答："每年都派了几趟人出去，但收不回钱。"

江峰问："您为什么不通过诉讼来解决？"

帅总说："乡里乡亲的拉不下面子，再说起诉有违我借款的初衷。"

帅总接着说："我听过你的入职竞聘演说，你说你在原国营嘉年华纸业公司时，只花五天时间，收回烂账四十五万，赶在春节前发放了拖欠职工的工资，有这回事吧？"

江峰点了点头，谦虚地说："也许是我运气好吧！"

帅总说："我看你军人出身，脑壳灵泛，吃得苦，耐得烦，罢得蛮，这个事就交给你，怎么样？"

江峰摇了摇脑袋："我又捉不得人，又冻不了财产，光靠嘴巴恐怕很难啊！"

帅总说："这就要靠你摸清情况，因人施策，对症下药，晓之以理，动之以情，发挥你的聪明才智。"

看着帅总布满血丝的眼睛，听着他充满期待的话语，想着他晚上十二点多还在谈工作，江峰不忍拒绝，就点了个头："那我就试试吧！"

帅总交代："不到山穷水尽，不要起诉。你先从金沟余英50万债务着手，具体情况你找几个去过的人了解一下。"

江峰起身看表，已是凌晨一点。

自古有云：知己知彼，百战百胜。次日，江峰就开始找去过的人了解情况。

档案室汤苗说："这五十万是帅总分几次借给余英办厂的。余英一直搞得不好，五年没有还过一分钱。帅总不催，她就不动，帅总一催，她就拿只土鸡来，痛哭流涕诉苦。帅总心慈手软，也就暂时罢了。"

车间主任黎树说："她是我们这一带有名的泼妇。但人很能干，能说会道，吃得了苦，性格倔强，为人大方热情。我们每次去，一进门就是三个荷包蛋。乡里乡亲的，你实在没有，也就算了。"

江峰选了个阳光明媚的日子，邀保安钟平带路，乘摩托前往金沟。

坑坑洼洼的简易泥巴公路，很不好走，七八里山路花了近二十分钟，摩托才在一栋红砖房子前停了下来。钟平说："这就是余英家。"

江峰仔细观察起来。这是一栋三间的三层房子，虽不是太豪华，却也显得别致。门口两棵枝叶繁茂的桂花树下，一群小鸡正在啄食。一条小溪的涓涓细流从门前流过，屋后是树木葱郁的小山。可谓是：门前一条金缕带，背后一座紫金山。"好风水！"江峰情不自禁地赞叹了一声。

钟平指着房子两边空旷地方的两个简易工棚说："这边是竹签厂，那边是猪棚。"

一进门，一个四十出头的女人，微笑着迎上来。"幸会幸会，哪里刮风把你们吹到这穷山沟里来啦？"

钟平赶忙分别介绍说："这是余英，这是江主任。好久没来了，今天带新来的主任上门学习你的办厂经验。"

余英不慌不忙地一边搬椅喊座，一边谦卑地回话："我这个鬼样子，有什么好看的。我们这里穷，没有什么钱好赚，办个小厂子，不过混口饭吃。一年百把万产值，哪里比得上你们。你们的产业好，产品不发霉、不变质、经得留、利润大，听说早就销往全国各地啦，赚了好多的票子。"她转身往内屋走去。

江峰打量着宽阔大厅：笨重的沙发是本地产的樟木大沙发，正面电视柜上摆着一部三十几寸的大电视。贴了瓷砖的墙上贴着几张奖状，走近一看都是当地乡政府颁发的"三八红旗手""巾帼强人"等奖状。营业执照上标明，注册资金是十万元，经营范围是花炮原材料加工。

这时，余英端出两杯热茶，对江峰二人说："这是山里的蜂蜜茶，请尝尝。"

接着又端出一盆副食品，笑嘻嘻地说："你们是难得来的贵客，只有炒米、南瓜子、酸枣招待，没有什么好吃的，委屈你们了。"

江峰坐下来，趁余英和钟平聊乡里吃酒话题，一边喝着香甜的蜂蜜茶，一边打量起眼前的余英：

一米六几的个子，身材不显丰满却还结实，鹅蛋形的脸上双眉紧锁，蓬松的头发有点乱，不算白皙的脸上布满愁云，微微翘起的嘴唇带点霸气，眼里放出困惑的神情，举手投足之中显得十分能干。

吃罢东西，江峰提出要到现场参观参观，余英立马带两人转起来。

竹签厂做事的只有五六个人，两台做竹签的机子旁竹屑飞扬，机子的响声很刺耳，成品仓库堆满了竹签牙签，后面的山坡上堆着大档竹子。

余英愁眉苦脸地告诉江峰："这些大小长度不同的竹签子，主要用在花炮厂的月旅行、神光花、七猫火箭等产品上，但是销路一直不畅，造成了产品积压。"

转身来看猪圈，余英介绍说："这是开放型引进品种，瘦肉型，叫杜洛克，生长快，经济效益好。"果然，十几头棕色猪，体形肥大，走路摇摆，有点自以为是的样子。

回到大厅，江峰直入主题。余英答复说："今年是没办法，看明年能还点不？"接着她起身进了厨房。

　　江峰看到余英毫无还款诚意，就在大厅踱起步来。一会儿，余英端出两碗热气腾腾的荷包蛋说："难得来，吃三个土鸡蛋再走。"

　　江峰看到余英的老套路，觉得又会是一场空，心底里默默喊了一声："不行！必须来点硬的！"抓起筷子往桌上一拍，说开了："余老板，你欠账五年多了，我们前后来了十几趟人，你不知恩图报，一分钱不还，还总是用这种小恩小惠来赖账，你的良心被狗吃啦？你怎么对得起帅总啊！"

　　余英一怔，心里想，过去来要账的都在三个荷包蛋面前偃旗息鼓，鸣金收兵，今天这个人怎么啦？

　　她没有吭声，把江峰打量了一番，然后笑眯眯地说："江主任眉毛溜青的，眼睛溜圆的，鼻子溜尖的，脸皮溜光的，嘴巴溜红的，福相啊，哪来这么大火气？"

　　江峰态度强硬："你少来哄我，我今天是不见兔子不撒鹰，鸡蛋可以不吃，钱必须还！"余英果然不是普通女流之辈："你有什么凭证来收我的钱？"

　　江峰拿出借条复印件和授权委托书往桌上一放："你看看！"

　　余英拿起授权委托书，睁大眼睛仔细一瞧，上面赫然写着："各欠款单位和个人：兹授权我公司办公室主任江峰等人，前来收取欠款并全权处理相关事宜。"下面是公司行政和财务公章以及帅总的私印。江峰手续齐备，余英无话可说。

　　沉默半晌，余英突然起了高腔："江主任，你住城里，我住乡下，素不相识。前世无怨，后世无仇，你今天为什么要这样逼我！我就是没有。"

　　江峰一拍桌子站了起来："欠债还钱，天公地道，拿人钱财替人消灾，受命而来，名正言顺，你五年不还分文，岂能善罢甘休。你今天不还也得还！"

　　见江峰毫不妥协，余英立刻耍起泼来，叫骂声瞬间朝江峰铺天盖地扑面而来："你这个背时鬼，绝代鬼，短命鬼，痢疾鬼，剁罗鬼，屙血鬼，瘟神，扫把星……"前前后后足足骂了几十个鬼。

　　江峰读了十几年书，在部队是文化教员，在企业是管理干部，岂能与这妇人一般见识。虽没见过这种场面，却也心静如水。

　　见江峰毫无反应，余英接着又开始第二轮轰炸："你会被天打雷劈，出门被撞死，生孩子没屁眼，会得痨病，一屋人死光，讨不得好死，死了路上没人埋……"只要有词，她就说得出口。

她时而叉腰，时而挥手，时而跺脚，口里的唾沫星子四处飞溅。

江峰觉得好笑，静静地看着余英表演。

也许骂累了，余英声嘶力竭，喘着粗气，不停地咳嗽起来。江峰从厨房里倒了杯茶，递到余英面前："累了没有，喝杯茶，润润喉，你再骂。今天你要骂不死我，就得还钱。"

余英看到自己百战百胜的方法失灵了，愕然看着面前的江峰，半晌没说出话来。突然，余英往地上一坐，伤心地大哭起来。一边哭一边诉苦："我真是命苦，竹子涨价，人工涨价，销路又不畅，哪里有钱赚啊！等我来养几头猪吧，又卖不起价钱了。老公去年车祸撞断了脚，花了好多钱才接好，至今做不了事。儿子就要考大学了，到处需要用钱。我两年没买新衣，三天没吃肉了。我怎么这么背时啊！老天爷你睁开眼睛瞧瞧吧，我余英一辈子没做过坏事，你不能这样待我啊，呜呜……"

江峰看到余英鼻涕眼泪流出大把，就从挎包里拿出一包餐巾纸，弯下腰递给余英。

围观的人们陆续散去，余英的哭声也小了，江峰感到火候到了，决定让一步，就上前扶起余英来。江峰说："根据你的家庭情况，要你今天还五十万，是不现实的，你有困难可以分期偿还，但你今天多少要还点，以表诚意。"

余英破涕为笑："前几天才买进材料，今天确实拿不出钱。"

江峰想了想，硬逼下去可能适得其反，就又让了一步："为了不负帅总的初心，不影响你办厂，宽容你三年内分期偿还！你的诚意也要表达，一个月内送一万块钱到公司来。"

余英很不情愿，但又再也说不出拒绝的理由，就说："我尽力啊！"

钟平一直未出声，江峰后来才知余英是他的远房亲戚。

次日，钟平把江峰不吃荷包蛋，勇过余英哄、骂、哭三关，让余英有了还款意识的细节，绘声绘色地描述了一番，立刻引起热议。帅总高兴地评价："这事办得好，就是要让他们有还款意识。有些人借钱时恨不得给你下跪，要他还时你得给他下跪咯。"

一个月就要到期的时候，余英以一种极不情愿的样子送来了一万块钱。

"余英还钱啦！"这块老顽石被撬动的消息不胫而走，立刻在公司上下又引发一场更大的热议。

得知余英还款，江峰没有丝毫轻松感。想到余英仓库里积压的存货和脸上的愁云，江峰意识到：要想取得成效，必须帮余英解困。

江峰土生土长在本市南区花炮之乡，那里花炮厂村村都有。江峰想，凭自己过去的人脉，应该找得到销路。江峰把这个想法及时向帅总汇报。

帅总意味深长地说："帮人一次积德三分，你去吧！"

得到帅总的支持，江峰第二次来到金沟。得知江峰是来帮自己解困找出路的，余英高兴得跳了起来，几分钟内就把三四种样品和一张写明规格的小纸条交到江峰的手里。

从哪里下手呢？江峰正琢磨，南区老同学荣春收媳妇办酒，打来了邀请电话。

荣春是江峰当民办教师时朝同板凳暮同铺的铁杆粉丝，勤奋、忠厚、好学。从一右派老师那学会了修广播、手表、电筒和绘画等技能，广泛用于社会。每天晚饭后赶来学校陪江峰备课、看书、聊天。天刚蒙蒙亮回家刨几箩筐红薯又匆匆赶来学校上课。后来转为了公办教师，长期任校长、书记。

荣春有请，肯定要去，也许还是销竹签的一次机会呢！

在吃酒当天上午十点，带着竹签样品，江峰来到荣春家所在地——花江农场。

花江，是江峰当年当知青时的下放地。江峰在大队农场劳动了半年，后来当了两年民办教师。他从这里弃文从武走上对越自卫反击战场。屈指一算，离开此地已有二十余年。

重回故地，江峰的心情有些激动。花江人的情深义重，让他今生难忘。当年江父、江母先后去世，是花江的雄辉和他父亲带领老忠等十几名壮汉来料理丧事、抬灵柩上山的。江峰想找几个熟人感谢一下，然而遇到的都是生面孔。

看到开餐时间尚早，江峰就往对面当年住了半年的花江农场走去。

农场早已面目全非，当年热闹繁华的景象消失得无影无踪，只剩下一个破败不堪的土砖牛栏屋。

抚摸着残垣断壁，江峰心潮起伏。一桩桩往事在他脑海中不断浮现。

他记起刚来时的那次午夜惊魂。

那个深夜，江峰睡得正香。突然，强烈的撕扯声把他从梦中惊醒，一股刺鼻的腥味扑面而来，床铺摇晃得"哐哐"作响。借着窗户透进来的月光一看，一个巨大的黑影站立床前！十七岁的他吓得出了身冷汗，拿起枕头就打。只听"哞"的一声，原来是关在后屋的水牛跑出来了。

还有那件不解风情的踢脚趣事。

一天，农场来客，江峰与大队书记年方十九岁的千金华华同桌吃饭。席间，华华总是直愣愣看他，他害羞，只顾低头吃饭。突然，他感觉到脚被人踩了，低头一看，是华华的双脚压在他的脚上。他吓得拼命抽回，华华又不断用脚踢他。江峰事后把踢脚的事跟农场做饭的老圣说了，老圣笑得肚子都疼了："伢子，这是她喜欢你的表示！"

"喜欢一个人就要用脚踢么？"这个问题困扰了江峰好多年。

望着不远处的学校，江峰又想起为他做了近两年饭的何婆婆。何婆婆耳朵听不见，丈夫早逝，无子无女是个五保老人。江峰当兵临行前，十名教师为他送行，何婆婆做好了饭菜，自己却没有来吃。江峰找到她时，她正在后门边抹眼泪，看见江峰竟号啕大哭起来。几年后当她得知江峰结婚的消息，担着半袋米和两只土鸡走了十几里泥巴路来吃江峰的结婚酒。江峰后来虽专程来看过何婆婆一次，但她离世时却未得信息，想起就伤感。

想到这，江峰眼眶潮湿了。

没人陪伴，江峰感到怅然若失，想起了在花江的铁杆粉丝王智，外号老九。江峰以前每次到花江，他都是好酒好菜招待，想方设法留宿。每次住宿总是通宵达旦聊天。有一年荣春、老忠、老九终于在江峰家聚了一回。那一次四人都喝醉了，老九上厕所误入粪坑还不知情。冲洗一身的大粪时江峰安慰他，必发大财！果然，一年后老九就暴富，成了花江名流！不幸的是有次在外出回家的摩托车上爆了血管，英年早逝。

江峰想，如果他在世，此时肯定已经在身边。

江峰正沉思往事，荣春家传来霹雳啪啦的鞭炮声，江峰意识到婚礼就要开始了，赶忙过去。

婚礼台上张灯结彩，繁花似锦。婚礼台下人头攒动，人声鼎沸。随着主持人热情洋溢的讲话，一对新人手挽手喜滋滋走上台来。

江峰站在人群中，聚精会神地看着听着。突然，身后传来一个似曾熟悉的声音："江老师，江老师。"江峰转过身去，一个满头秀发、体态轻盈、清爽靓丽、约三十五岁的女子站在面前。江峰脸上露出疑惑，女子说："江老师，不认识啦？我是海嗨呀！"江峰细看，清澈明亮的眼睛透出俏皮和灵气，微笑的脸上挂着一对浅浅的酒窝。江峰猛然记起来了，她就是当年班上的学习委员海嗨。

久别重逢，两人从人群中挤出来，找了个稍微安静的地方，聊了起来。

海嗨告诉江峰，江峰当年当兵走后，自己考上了中学。因为家里穷，连买新鞋子的钱都没有，爱美要面子的她就退学了，现在是两个孩子的妈妈，在同学的花炮厂做事。

"花炮厂？"江峰立马问："谁办的花炮厂？"

海嗨带点羡慕的口气说："您的学生果香呀，发财啦！家里有豪宅，镇上有门面，省城、市里都购了房子。夫妇俩热情好客，乐善好施，这一带家喻户晓。"

江峰高兴起来，要海嗨吃完酒就带他去果香家。

这时，开席的鞭炮响了，两人入席。

上菜了。第一个菜是全家福，接着是粉皮羊肉、桂圆蒸鸡、墨鱼猪肚、小炒驴肉、红烧扣肉、口味甲鱼等共十大碗。南乡厨子的厨艺早已闻名全市，烹饪出来的菜色香味俱全。

不一会江峰就菜足饭饱。

用餐完毕，只一袋烟的工夫，海嗨就把江峰带到了一座辉煌气派、高雅靓丽的房子面前。

江峰带着惊讶下车，还没来得及仔细观赏，宽敞高大的大门内，飞奔出一个体型微胖、齐眉短发的女子，一边喊着"稀客！稀客！"一边伸过手来。

握着厚实温暖的手，江峰才知道，来人就是当年的学生，老九的妹妹果香。

进得门来，江峰落座。一杯热乎乎的绿茶端到面前，接着一支剥开的香蕉又递过来，果香说："江老师，久违了，二十多年没见面了，今天怎么有空来我们乡下？"

江峰刚要回话，一支"芙蓉王"烟从旁边递了过来。扭头一看，身边站着一位黑黑瘦瘦精神抖擞的男人，似曾相识。江峰正迟疑，男人说："我是果香老公李虎啊！"

一番叙旧之后，江峰问起花炮厂的事。

李虎激动地说："江老师，当年你让我和贤高在你们单位回收了几百斤废铜烂铁，赚了第一桶金，才有本钱做爆竹，然后才办了这个花炮厂。"

江峰感慨万分，站起来把自己的经历也简述了一遍，然后把目前收账的难处说了出来。

果香立即接话："花炮竹签吗？小 case，我帮你销几万块钱货。"

江峰闻言大喜！一颗悬着的心放了下来！

看到几个工人模样的人进来，江峰知道果香很忙，正想起身告辞，谁知被果香一把按住："江老师呀，您不歇夜把子就莫想走！"随即对身旁的海嗨说："还有几个同学家里没电话，你快骑摩托去喊来陪老师。"

海嗨立即起身喊人去了，果香怕江峰走，拿着江峰的挎包进房打起电话来。

稍许，一辆辆摩托急驰而来，一下子来了十几个人。时隔二十多年，许多学生都不认识了。一阵拥抱握手，一番自我介绍，名字与人才对上了号。族兄雄辉和老忠也来了。

一个学生提示："江老师，您还记得吗？当年课余时间，您经常和我们讲故事。不管您走到哪里，后面总是跟着长长的学生队伍，我就是站在队伍最前头的传树呀！"

话音未落，一双厚实的手从背后伸过来，江峰转身一看，一张笑眯眯的娃娃脸，原来是老九的弟弟贤高。

于是大家围着江峰嘘寒问暖，谈起了往事。欢声笑语，喜气盈门，整个大厅瞬间热闹起来。

一会儿，李虎从厨房里出来，喊了声："请尊敬的江老师坐上！"江峰定神一看，两桌菜已经摆好，主人的能干让江峰有点傻眼。再细看，每桌整整十五个菜，全是乡里美味。

于是乎，学生们轮番上前敬酒。江峰不胜酒力，但心情亢奋，破例喝了起来。

这时，海嗨满面红光站起来，激动地说："江老师，您还记得教我们的那首歌吗？我给大家唱唱。"江峰带头鼓起掌来。

海嗨用清亮的声音，动情地唱开了："我是公社小社员，手拿小镰刀呀准备去割草，走到半路上碰见一个人，抢过我的小镰刀不准我割草。哎嗨嗨，背时鬼！哎嗨嗨，背时鬼！抢过我的小镰刀不准我割草！"

海嗨的歪唱，加上俏皮的表情、夸张的手势，立刻引来哄堂大笑。有的笑得前仰后合，有的笑得喷饭，有的笑得喊肚子疼。

江峰知道，海嗨娘家"成分高"，当年受尽了治保主任的欺负，今天唱歌消消气。

还未散席，江峰已酩酊大醉，伏在桌上睡着了。

江峰睁开眼睛时，已是次日清晨。

走下楼，大厅里已经热闹起来。原来得知老师今天要走，十几名学生送来了自榨茶油、自酿酒、纯正土鸡、乡里腊肉、南瓜、笋子、酸菜等二十几样土产。江峰非常感动，欲推辞，几个人一致说："这是自家绿色环保的东西，虽然不值钱，但也是我们的心意。"江峰只好一一收下。

早餐后，李虎装满了土货的小车，朝市区进发。

路上，李虎开上告诉江峰，已联系好了本村两个花炮厂，可以送十万块钱左右的竹签来。

临别之际，李虎提示江峰，花炮用竹签的产品逐渐淘汰，今后几年锥形筒子需求量会大，建议竹签厂家转型。

江峰非常高兴，回到家就把这些消息告诉了余英。

余英迅速组织车辆，将积压的存货送了过去，李虎验货后当即付了现款。

几天后，海嗨向邻村曾做过事的两个花炮厂老板进行了一番游说，也让余英做了五万元的现款现货生意。贤高也利用他经销花炮的人脉在其他乡销了五万元货。

余英来电报喜！

巧遇带来的商机让江峰兴奋了没几天，余英又来电话，说家里的存货还有一大堆，请江峰再想想办法。

这一次又找谁呢？

江峰想到了与自己有共同文学爱好的老同学怀奇，他正住在花炮主产地瑶山镇。

怀奇比江峰幸运，同为民办教师但他却考入了湖大，回来当了高中教师，后来又作了政府公务员。怀奇由于几十年从未间断写作，撰写的文章笔醋墨饱，在多家知名媒体上发表了多篇大作，在本市文坛早已声名鹊起。

老同学见面，分外热情。怀奇立马在该镇一流酒店订了一桌饭菜，并电话召得七八位同学到订餐酒店相陪进餐。

江峰说明来意，怀奇马上说："当年我挖番薯荛子，饿得流清涎，途经你所在农场，被你挽留吃了餐热乎乎的茶油辣椒饭，至今记忆犹新！同学深情没齿难忘！这个忙我帮定了。"

怀奇喝了口茶，接着说："你这样跑来跑去不是办法，过几天我把余英的存货信息刊登在我主编的《南溪焰烟》内刊上，肯定有效。"

江峰放下心来，打听起同学命运。怀奇介绍说："传甫算混得好的，做了几年锥形烟花，产销上两百万，是我们同学中的财佬。"

接着又拿出恩师何老师的新作《淮洲市"文革"十年》和《比翼双

飞》两本小说共同欣赏起来。

　　不知不觉已近中午，两人赶到相约的酒店时，老跃等七八个昔日 27 班的同学已提前到达包房。于是，一场久别重逢的盛宴开始了。

　　次日上班，江峰把去瑶山镇的情况告知了余英。

　　过了约两个月，余英打来电话。她在电话中笑哈哈地说："南乡花炮厂要货电话不停，我送货都忙不过来，积压库存一扫而光，一个多月就卖了五十多万。"

　　江峰闻讯心中舒坦，趁机讨债，余英满口答应。

　　一周后，帅总私人存折上增加了一笔十五万元的存款。

　　已经收回十六万了，本应当高兴一番，但花江李虎的临别赠言时时响在江峰的耳边。他意识到，余英只有按市场需求转型生产，才能彻底摆脱困境。

　　江峰不敢懈怠，当晚，花了半个小时与余英电话沟通，余英答应同去瑶山镇考察。

　　几天后江峰带着余英出现在瑶山镇。正忙于锥形烟花加工的同学传甫，热情接待了江余两人。

　　传甫详细介绍了他从事锥形烟花加工情况，他说："锥形烟花过去是出口，现在是内销，用于各种庆典、婚礼等舞台喜庆场面，可以任意组合成喷花、盆花。锥形烟花生产原材料简单，成本低，利润大。市场广阔，需求量大，发展空间无限。"

　　余英抓住重点："利润率有多高？"

　　传甫毫不保留："我是两万块钱起步的，头两个月我就赚了二十万块钱，当时利润率将近 40%。我去年全年的产量就上了 200 万，用工三十多人。"

　　余英迫不及待问："现在设备投资要多少钱？"

　　传甫用轻松的语气说："不难，十万块钱就可起本，三十万块钱就有基础模样，五十万块钱就上规模了。"

　　较少的投入就有较大的产出，利润超高，余英内心被强烈震撼。

她马上到传甫的加工车间现场察看，又由传甫开车同去花炮厂看了成品，然后拿着样品，要了电话，急匆匆赶回金沟。

根据江峰的点子，余英回去立马找村长告之商机，并表明可安排村上几十人就业。村长大喜，迅速召集村上几名骨干，三次去瑶山镇考察，回来发动村民入股集资五十多万。经紧锣密鼓运作，余英的厂子在两个月内就顺利转型投产。

时光流逝，很快到年关了，江峰上门找余英讨债。

余英此次笑容满面接待了江峰。照例煮了三个荷包蛋，江峰这一次没有推辞，津津有味地吃起来。

江峰吃完进入还债正题。余英面露难色："若还得账来，就没钱进材料，新厂刚起步，处处要用钱。但我有别人多年未付的债款，去过多次都收不到。如果你能帮我收到，全部用来还账。"

江峰立即查看了所有欠条，从中挑选了三张数额大点的共十七万，重点问了欠账户的具体情况，然后叫其分别写下授权委托书，转身回公司汇报。

帅总沉思了一会，语重心长地对江峰说："你抽空去帮帮她，工资照拿，费用照报。若有困难，我派财务总管康茜、法律顾问嘉木、保安钟平驰援。"

帅总的安排，让江峰信心满怀。次年开春，就踏上了征程。谁知一场更为艰难的收账在等着他。

春光明媚，暖阳普照。

江峰与康茜早早进入淮洲市区，没费周折，就在市区繁华路段的店子里，找到了经营花炮材料的黎堂。

黎堂很是惊讶，感到莫名其妙。江峰走上前去，出示授权委托书。

黎堂首先还以为是黑社会问账，有点惊慌。当他知道江峰是金溪公司的人时，不以为然地说："你们帅总是本市知名企业家，家大业大，怎会在乎这区区五万块钱？"

江峰直言不讳："黎老板，做生意要讲诚信，你欠人家都四年了，怎么就不想还呢？你要资金周转，人家余英就不要资金周转？我们公司就不要资金周转？"

黎堂摆出一副无奈相："我实在是没钱，你们看怎么办吧！"

江峰愤愤地说："那你今天就不要做生意！"一边说着一边拿把椅子坐到大门口，康茜也赶紧搬了把椅子坐过去。

听到争吵声，隔壁店的人和路人围了上来看热闹。

江峰正告黎堂："你要是不想坏了名声，就赶紧给我们拿钱！"

眼看围观的人越来越多，为转移视线，黎堂起身走出大门，朝停在门口的一部小车走去。

想溜？哪里逃！说时迟那时快，只见康茜一个箭步冲上去，站在车前，张开双手，大喊一声："今天不拿钱就别想走！"

江峰也奔到车门旁边，拉开车门，抓住黎堂的手："识相点，莫要我们动粗！"这一下就把他给镇住了。

这时候，围观的人越来越多。康茜朝人群大喊："快来看呀，黎堂欠了五年的债不还，还想溜。"

黎堂知道，唯小儿、老人、妇人不可惹也！只好下车告饶。朝江峰二人作了个揖，强装笑脸："我又不是赖账，这么多钱今天确实没有，容我回家想办法。"

见黎堂松口告饶，知他有点害怕，江峰和康茜就暂时放他一马："我们明天再来！"

第二天，江峰和康茜又来到黎堂店里。黎堂摊开手说："实在没办法！"

江峰和康茜商量，先看看店里的生意再说。

上午十点左右，店里走进两个商人模样的男人，直接进了里面的房间，随之黎堂也跟了进去。只听他们三人嘀嘀咕咕好像商量什么，江峰预感到黎堂有生意来了。

三人从房里走出来，上了小车。康茜赶紧喊江峰上车，开车跟上。

黎堂的车在市内绕了个大圈，见实在无法甩掉后面的车子，就在繁华路段的工商银行门前停了下来，三人下车急匆匆朝银行的二楼营业厅奔去。

江峰随即要康茜守住黎堂的车，自己也上了二楼。

来得正好，江峰见黎堂从口袋里掏出一叠纸。有财务经验的他，立马意思到那是汇款单。

江峰大步上前，一把抢过黎堂手里的两张汇款单，仔细一看，收款人都是陌生人，而且每笔十万块钱。江峰知道了黎堂有钱，立马张开双手拦住黎堂："今天不给钱，你就休想办事！"

随之，江峰又提高声调："你信不信？我马上喊十几个人来砸了你的店子、车子！"

又一次把黎堂镇住了。

黎堂恼火地说："看来今天不付钱，硬要死个把人吧？"

僵持了几分钟，黎堂见江峰毫无让步的架势，就借银行的电话打了起来："把我那本存折送过来一下，实在没办法。"

打完电话，黎堂朝江峰说："放心了吧，我婆娘马上送折子来。"

江峰怕有诈，横直不肯。必须要先付清他的钱才肯放手。

黎堂无奈，狠狠地说："我今天碰到鬼啦！"然后乖乖地按照江峰提供的账号和单位名称汇款五万元。

走下楼来，江峰把办成汇款的结果告诉了康茜，俩人高兴得像小孩一样手舞足蹈起来。

事隔一周左右，江峰开始清收余英的第二笔应收账款。

费了番周折，才找到了欠债人——溪湖花炮厂的欧鲁。

欧鲁不以为然说："现在办企业，谁还不拆借点钱呀，没有实力就不要搞！"

江峰耐心地说："你欠了人家四年了，人家都快要停产了。你硬是不付，只好对簿公堂了。"

欧鲁挥了挥手："你去告吧！"

江峰又陈述利害关系："起诉要追加你的利息，按社会集资年利率一分计算，你至少要多付两万块钱利息，你的名声就坏了，何苦呢？"

欧鲁不予理睬，径自往车间去了。

江峰一无所获，心有不甘，背着挎包在花炮厂办公楼周围转了起来。

转了一会，江峰正想离开，突然看见一个熟悉的身影，过去常帮仓库拖货的开妹子。

于是江峰就坐到开妹子的驾驶室里与之聊了起来。

江峰问："你熟悉这个厂吗？"

开妹子得意地说："自建厂开始我就在这里帮他们送货。"

江峰问："办花炮厂也要背景吧？"

开妹子说："当然，没有背景查得可严啦！这个欧老板背景硬啊，他老兄是市国税局稽查科长，叫欧武。"

回到家，江峰沉思起来。欧鲁不以为然，欧武应该懂利害关系。是不是通过老兄来做老弟的工作呢？江峰决定试一试。

次日，江峰毫不费力就找到了欧武。

江峰把三角债和起诉的利害关系重说了一遍，还特别强调："办厂子，诚信为本，方能长久。如果不守诚信的名声传出去，对你老弟办厂是不利的，甚至还可能殃及你的名声。"

欧武半天没说话。

良久，欧武拿起电话打给老弟欧鲁。

欧鲁承认有这笔债务，但目前确实手头紧。

欧武犹豫了一下，对江峰说："你明天上午十点来我办公室拿现金，我帮他垫付一下。"

意外收获，江峰大喜，连说了几句感谢的话，走出国税大楼。

次日上午十点，当江峰敲开欧武办公室房门，办公桌上赫然摆着五叠崭新的钞票。

余英的三笔三角债已收回两笔，江峰稍有点成就感了。

他没有停歇，马不停蹄地着手最后一笔七万元三角债的收账准备工作。

不打无准备之仗，这是江峰的习惯。细细阅看汤和的欠条，发现此债务已过诉讼有效期六年（当时法规是两年）。常识告诉他，若起诉，法院是不会受理的。

于是他拿起电话，拨通了嘉木律师的电话。嘉木律师是司法界的元老，身经百战，经验丰富。立马回话："只有让欠债人重新转张欠条，或者写份承诺，我才能起诉。"

江峰回忆余英介绍的欠条由来。

原来，金溪公司帅总当年走访战友时，在西北某金属材料厂，发现该厂当废料处理的金属钛，是做花炮的好材料。当即以废品价格运回本市，获得暴利。仅仅两年多时间，竟赚得三百多万，创办了金溪电气公司。

消息传开，附近的人争相效仿，纷纷做起钛屑生意。许多人因此而发家致了富。余英就是此时与汤和合伙做钛屑生意，后来不合就拆了伙。汤和当时应分给余英七万块钱，汤和使奸耍滑，写了张欠条就扬长而去。余英上门讨过十几次，汤和就是不给。

江峰想，只有设法拿到嘉木律师要的东西，成功起诉，才能追回三角债。

怎样顺利地拿到新欠条和承诺书呢？根据乡里人普遍不懂债务有效期这个概念，江峰决定拟一纸虚假诉状，吓唬吓唬汤和就范。

次日，江峰把这个想法告诉了嘉木律师，嘉木律师当日下午就送来了天衣无缝的诉状。

准备充足，选了一个晴朗天气，江峰直奔云沩山脚下的东沙镇。

按照余英提供的详细地址，江峰很快就找到了汤和的家。

一个自称是汤和老婆的女人接待了他。说汤和在云沩山公园做事，这几天都不会回来。

江峰自称是汤和以前做钛屑生意的朋友，来东沙调木材，路过此地，特来问候。

听说是老公朋友，女人立即倒茶请坐，热情地与江峰聊起来。

女人告诉江峰，夫妻俩有一儿一女，尚未结婚，都在省城做事，老公在云沩山公园搞基建维修，自己在家里养猪种菜，日子过得还算宽裕。

女人指着门口大坪里一辆崭新小车自豪地说："这是老和去年给儿子买的。"

江峰佯装关心："儿子有了对象吗？妹子有男朋友没有？"

女人高兴地回答："儿子找是找了一个，正在谈，我跟老和都同意，就是不晓得能不能成？能成的话今年国庆就会结婚。"

江峰起身，以非常羡慕的神态四处张望起来。

花岗岩做的大厅背景墙显得格外漂亮，凭装修过房子的经验，江峰估计最少也要花一万。楼下两个房间装的都是"格力"空调，两张台桌上摆的是"联想"电脑，实木家具都是"全友"品牌。

江峰分析，汤和家是非常殷实的，完全有偿付能力，只是不肯还罢了。

他告辞出来，已过中餐时间，走在麻石和青光石铺成的街道上，浏览了一遍古老的小镇，找了家小饭馆，叫店家煎了个东沙豆腐，蒸了碗云沩山干笋，一边品尝着这两个当地特色菜，一边盘算着如何上山。

突然，从门口的摩托上下来一个人，喊了声："江主任"。江峰抬眼看去，原来是公司在云南跑销售的肖斌。

一阵寒暄客套，江峰告知想上云沩山公园找汤和。肖斌立刻说："我是土生土长的本镇人，可以当向导陪你上山找人。但我正在镇上打印社做标书，明天就要去投标，能不能等我个把小时？"

江峰知道肖斌业绩一直不佳，觉得他的事更重要。他朝肖斌点了点头："你去吧，我等你。"

江峰等了快一小时，闷得慌，就与店家聊了起来。

江峰问："老板，生意还好吧？"

此时吃饭的游客走得差不多了，店家就搬了张椅子坐过来答话："一年游客可能有七八十万人，但游客都喜欢在山上吃饭，我这里生意不算大好，还过得去。"

江峰说："怎会有这么多人？"

店家非常自豪地介绍起来："云沩山公园风光好啊！公园是国家4A级景区，占地七万多亩，最高峰海拔1600米，森林覆盖率达到了99%，是休闲的好地方。"

江峰饶有兴趣地问："公园有什么值得看的景点吗？"

店家如数家珍："那可多啦！黄山松涛、翠竹泛波、柳杉情怀、高山杜鹃、南国草原、鹅掌独秀等等。"

接着店家又有声有色地把景观逐一描述了一遍。

江峰有点疑惑："你怎么知道得这么多？"

店家反问说："没有几下子功夫，我这饭店哪来的生意？"

正在此时，肖斌回来了，摩托车就载着江峰出发了。

很快就到了公园门口，刚进大门，江峰就觉得异常凉爽，参天大树耸立眼前。

肖斌对几棵大树指指点点："这是红豆杉、引路松，那是红桎木、鹅掌楸。公园植物种类 23 个群系，2000 多种，乔木有 427 种。"

来到公园管理处，办公室人员告诉两人："汤和到星月峰做事去了。"两人稍作迟疑，转身又奔星月峰而去。

沿途，耳畔时闻松涛阵阵，眼前每见竹海起伏，好不壮观！

道路有点不平，摩托震动了几下，差点把江峰掀下车来。江峰想下车上个厕所，车刚停，只见丛林里窜出一群张牙舞爪的猴子。

江峰一声尖叫，肖斌竟笑了起来："猴子不伤人，别怕！"接着肖斌又滔滔不绝地说起来："公园有 60 多种动物，主要有云豹、穿山甲、白颈长尾雉、果子狸等。"

花了一个多小时，终于到达星月峰。

江峰看表已是下午五点多，他极目远眺，只见群峰隽秀婀娜，古木翁郁，晚霞万丈，残阳如血，耀眼壮观。

在星月峰的一处圆石上，找到了正在刻字上漆准备收工的汤和。

江峰出示委托书和借条并进行了一番劝告。

汤和推托说："公园事不饱，一年也就二三万块钱工资，要还清债起码不吃不喝要三年，哪来钱还啊。"

见好言好语无效，江峰只好拿出诉状。用谦和的神态，绵里藏针的话语，帮他算六年七万元的利息，并声明如起诉是会追加利息的。

用不了几个回合，汤和就败下阵来。按照江峰提供的格式和要求，写下新欠条，并在打印好的承诺书上签字。

乘摩托下得山来，已是下午六点多钟。江峰谢绝了肖斌的挽留，登上了回城的最后一班车。

三个月承诺期到了，不见汤和还款，江峰将新欠条和承诺书交与嘉木律师起诉。

因证据确凿，法院受理开庭，经法庭调解，免除利息，余英胜诉。

本以为此案就此告结，但汤和仍不履行偿还义务，嘉木律师带余英上法院申请执行。

一个月过去了，此案还是石沉大海。江峰忍不住前往执行局打探。经办此案的阳坚法官说："几万块钱的案子根本没时间管。这样，他什么时候有钱啦，你通知我，我们就去抓人。"

什么时候被执行人有钱呢？

正苦苦思索，办公桌上职工回门酒的请柬，让江峰茅塞顿开，幡然猛醒。对！做酒，这是一个好机会。

本市乡村办酒已成风俗。在过去，家里收亲嫁女或老人过世，主家都要办酒请来亲友热闹一番，四方乡邻也会前去捧场。现在是愈演愈烈，乔迁、升学、见孙、整寿等都要办酒。

办酒当天，主家会有很大一笔现金收入，农村人戏称为"突击集资"。主家做酒后，一般有几万块钱节余，人缘好的甚至有上十万的节余。

江峰回忆与汤和老婆聊天的话，从中捕捉到国庆收亲的信息。随即与汤和同住一村的肖斌打电话。

果然，汤和家十月三日收亲的准确信息，提前五天传到了江峰的耳朵里。

执行局阳坚等三名法官，在收亲酒散场半小时左右，突然出现在笑嘻嘻数着钞票的汤和面前。汤和没有反抗，悉数支付了全部案款。

至此，花了前后近六个月时间，余英的三笔三角债十七万元，全部收入帅总囊中。

天有不测风云。

收完三角债不到十天，正在产业园区开会的江峰，接到了余英的求助电话。

余英在电话中哭开了："都一天了，十几头猪就是不吃潲，村里兽医看了，也打了针，就是不见好，有可能得了猪瘟，如何是好？"

这本不是江峰收账范围的事，但帅总帮一帮的话，又在江峰的耳边回响。江峰想到了表弟罗刚。

罗刚是省农大毕业的高级畜牧师，在省种猪厂养猪练就了独门绝技，现被省内几个大型猪场聘为技术顾问。

江峰立即拨通了罗刚电话。罗刚说必须现场察看才能下药，爽快答应马上开车同去金沟诊治。

当江峰罗刚两人心急火燎赶到金沟的时候，余英正焦急等候。

罗刚二话没说，向余英简单询问已经用药情况和发病史，迅速来到猪圈。

只见十几头猪耷拉着脑袋，匍匐在地上，喘着粗气。罗刚跳进猪圈，围着这些猪转了起来。只见他仔细观察猪的毛色、皮色、眼睛和喘气，检查粪便，测量体温，转身抓起一把猪潲放在手里搓了几下，脸上露出了若有所思的淡定："丹毒病，打一针就会好。"

罗刚回到车上，拿来几瓶药水和注射器，给每头猪打了一针。罗刚轻松地说："没事了，都回去休息吧！"

余英从油缸里拿出珍藏的腊肉，现杀了一只土鸡，做了一顿丰盛的晚餐，又倒一大茶缸的谷酒，犒劳罗刚。罗刚说开车不能喝酒，推辞了半天，余英只好罢了。

此时已是晚上十一点多，江峰辞行，余英要付车子油费和药费，掏出几百块钱塞给罗刚。罗刚哪里肯接，留下电话，就和江峰消失在茫茫的夜色之中。

次日凌晨，余英来电报喜："十几头猪全部站起来了，争着吃潲。"

春节时，江峰进言获帅总批准，余英杀猪送肉，工会用猪肉发放职工年终物资，余英的十几头猪顷刻售空。职工欢天喜地，余英喜笑颜开。

光阴似箭，日月如梭。

转眼江峰兼职收账进入第三年。秋初，帅总捐资赞助的金沟村级公路全线通车，更令人振奋的消息一个接一个传来：

余英转型生产的锥形烟花，今年九个月产销就实现三百多万，该厂已安排金沟村和邻村共五十多人从业。

余英扩大猪圈为猪场，聘请罗刚作顾问，今年养猪一百多头。

余英今年三八节时，被乡政府授予"乡村致富女带头人"荣誉称号；"七一"建党节时又被村支两委列为重点培养对象，送入市政府乡村干部培训班和市党校入党积极分子培训班深造。

余英学电气自动化工程专业的儿子，提前与金溪公司签订了劳动合同。

余英在金溪公司成立二十周年大庆前夕，主动分三次共解款十七万，还清了欠帅总的全部借款。

历时三年，余英终于突破重围，走出困境，逐渐跻身当地富豪行列，前程灿烂辉煌。

庆祝金溪公司成立二十周年的盛大文艺晚会，金秋之夜拉开帷幕。

江峰在两个月前，就将自己帮助余英解困还债、人性收账的故事编成小型花鼓戏《收账》，请来市花鼓剧团的中乐班子助阵，经几次磨合如期上演。

花鼓戏《收账》故事曲折感人，台词通俗精美，演员表演生动，曲调悦耳动听。观众凝神静听，高潮处更因掌声如雷，好几次使得演出差点中断。

余英作为特邀嘉宾，嘴唇上涂了口红，颈脖上挂着金项链，手上戴着金戒指，身着时尚旗袍，坐在台下，一直不停地抹眼泪。

花鼓戏《收账》喜获晚会节目特等奖。

看到帅总授完奖走下台来，余英起身迎了上去，扑通一声，双膝下跪，热泪纵横："帅总啊，你真是观音下凡，救苦救难！您的大恩大德我余英永世难忘！"

江峰急忙上前搀扶，余英转身拉着江峰的手："您是观音派来的福星。慈爱仁心，好人啊，世上难寻！"

江峰看着这位曾经咒他天打雷劈现在又因感激而泣不成声的女人，回

想她从拒绝还债、被迫还债、主动还债、积极还债到今日下跪谢恩的转化
过程，顿时甜酸苦辣一齐涌上心头，眼泪忍不住夺眶而出……

起死回生

二十一世纪初的一个仲秋。

一列绿色车皮的火车奔驰在中原大地上。

躺在五号卧铺车厢下铺的江峰，睁开朦胧的双眼，从铺上坐起来，伸了伸懒腰，看看手表。掐指一算，已经坐了十几个小时了，火车应该过了郑州，进入西北境内了。

江峰的心情有点沉闷。脑海里总是抹不去几天前公司干部碰头会的影子。

当时帅总怒火中烧，不断拍打桌子，对到会的中层干部怒斥："平时我只看财务总表，关注总的应收账款情况，今天看了销售员的应收账明细表。里面居然还有已离职多年的销售员的应收货款，总数有三百多万，普遍已经到期五六年了，有的甚至快十年了。你财务部为什么不报告我？你市场部为什么不派人去收？我请你们来干什么的？吃干饭混日子吗？干不了就给我滚蛋！"

等帅总骂够了，财务张炎部长满脸委屈："我才到半年，还没来得及清理这些陈债。"

市场潘海部长更觉委屈："我任职两年内已派销售员、售后服务员去收过。他们回来说，有的单位找不到了，有的说我们是骗子，有的对方财务根本就没账，各种情况都有，他们实在无能为力了。"

帅总插话了："你为什么不亲自去收？"

潘海部长辩解："公司都做到两个多亿了，手下80多位销售员，每天审核投标文件、协商报价、安排发货、接待客户来访、催销售员每月二千多万回款，还有与生产技术等部门协调，忙得脚都打跷，每个月差不多都是满勤，哪来时间出差啊！"

售后刘波部长也坐不住了："有几个单位我都按市场部的要求派人去了，情况如汤部长说的，都无功而返。"

办公室肖烁主任插话："销售员没有约束机制，离职时未办任何手续，货款和业务也未移交就走了，后来电话也打不通，没了任何联系，这是我们管理上的漏洞。"

嘉木律师以行家身份表态："这些都是陈年烂账，已过诉讼时效，财务准备作坏账损失处理吧！"

闻听此言，本已消了点气的帅总，呼的一声站起来，往桌上巴掌一拍："不行！工人辛辛苦苦做出来的产品，销售员千辛万苦做成的业务，不能说没了就没了。"

接着帅总果断布置任务："江峰，审计部的日常工作暂停，你全力以赴花时间帮我一个个把这些屁股擦干净。财务、市场等相关部门都要大开绿灯配合支持。"

这时，列车员卖盒饭的吆喝声打断了江峰的回忆。他一看表，午餐时间到了，就买了个盒饭吃起来。

吃着吃着，江峰耳边又回响着售后刘波的温馨提示："兰智是个中介公司，可能早就倒闭了。我搞铁路服务时，顺道去寻过三次，问了好多人，都没找到。你去也许同样是竹篮打水一场空。"

吃完饭，江峰拿出随身携带的收账资料，重新检查合同、发货单复印件和往来明细、对账单、付款信息等，还有必备的介绍信和授权委托书，一样不差，又把资料重新捉摸推敲，希望从中找到端倪。

这是六年前销售员刘龙与兰州智能科技有限公司（简称兰智）贺子民签订的一笔102万元的业务，财务记录显示，兰智只付了两次款共50万，还欠52万。销售员刘龙已失联四年多，合同上收货人的电话也打不通了，半点线索找不到。

查阅了近一个小时，还是毫无收获，回想售后刘波的提示，江峰有些气馁，开始后悔十几笔陈年烂账不应该从最难的下手。

车过西安，很快进入高原境内。从车窗望去，山变成了黄色的山，水变成了汹涌浑浊的水。江峰又躺下睡了起来。

经过连续二十八个多小时行程，火车终于抵达兰州市。

出了火车站，江峰满鼻子是牛肉香味，十几个牛肉面馆坐落在车站广场两侧，面馆门口身着小马甲、头带白帽子的回民，卖力地吆喝着。

江峰无心吃喝，在报刊亭买了张兰州地图，按照合同上记载的兰智公司地址，找到了公交车上车站点。

兰州的道路有点窄，而公交车却又长又宽，江峰担心狭窄的街道，不足以支撑司机完成转向。而司机仿佛是个莽撞的运动员，驾着车摇头甩尾，让人时刻提心吊胆。

朝车窗外望去，兰州的楼真是高啊，动不动就是几十层，神奇的是并不让人觉得压抑。车到目的地，江峰下车寻找起来。原来兰智的门面已是一家做汽车配件的店子，问了好几个附近的人，都说不知道兰智在哪。后来一位六十多岁的人告诉江峰，兰智公司已搬走三四年了。

江峰只好在市区繁华路段找了家旅馆住了下来。放下挎包，找旅馆老板问了兰州牛肉面最出名的店铺位置，出门拦了辆的士，直奔面馆。

店铺非常典雅，顾客川流不息。江峰好不容易等到了一个座位，马上叫了碗兰州牛肉面，不到五分钟就端上来了。满满一大碗，面条清齐，油光水滑，浓香扑鼻。江峰夹了几筷子，感到口味重而不腻，爽滑麻烫。服务员还送上一碗热气腾腾的鲜汤，江峰觉得还不过瘾，又叫了盘切片牛肉。牛肉吃起来干挺而油酥，佐蒜泥辣酱，令人胃口大开。

江峰吃了个饱，擦干净嘴，带着满嘴牛肉香味回到旅馆。

第一天无所收获并未叫江峰失去信心，他坐在床上，拿出所有资料再次细看。电话打不通，单位失踪，合同资料上就剩下一个单位名称了。回想售后刘波的提示，江峰有了想法。

江峰想，已经卖了上百万货的兰智公司，如果还在做，搬迁后肯定要到工商部门进行变更。只要公司名称不改变，在工商注册上应该查得到新址。

对！应该试试。

次日上午九点，江峰抱着一种侥幸心理，前往市工商局。工商局工作人员告诉江峰，一般企业注册都是在当地工商所。

全市有六七个工商所，兰智公司是在哪家注册的呢？他要工作人员提供了一份工商局下辖工商所的地址名单，准备逐一去找。

首先查原合同履约地的工商所，工作人员说，电脑上无此单位记录。

然后查第二个工商所，无果。又查第三个，第四个，还是没有。查到第五个工商所时，工作人员提示江峰，开发区那边有个才建六年的工商所，企业都在那一块，到那里可能查得到。

当江峰赶到开发区工商所时，工作人员正在收拾桌面，准备下班。江峰说了不少好话，工作人员才重新打开电脑。将兰智公司名字输了进去。奇迹出现了，兰智公司基本信息立马显示出来。打印完记载了兰智公司地址和法人代表的企业基本信息表，就传来了保安要锁铁门的喊叫声。

真是踏破铁鞋无觅处，得来全不费功夫。江峰大喜过望，当晚兴奋得久久不能入睡。他把各种可能遇到的情况都作了设想，并想好了具体对策。

次日，江峰起得很早，洗漱完去旅馆门口吃了碗牛肉面，就叫了辆的士，兴冲冲前往开发区的兰智公司。

在一栋三十几层的大厦电梯门口，看到了墙上兰智公司的标志，按照标明的楼层，江峰急不可待地踏上了电梯。

进门后，江峰首先浏览了一下兰智公司办公场所。办公场足有八百多平方米，六七个部门，每个人办公都是一个独立的格子，总体看上去像个猪圈。走廊两边墙上贴满了宣传照片和文章，有兰智的总体介绍，有5000万的奋斗目标和企业文化口号，有用户在现场使用产品的照片，有文化娱乐活动剪影，还有员工优秀事迹的展示。江峰特别关注了经营范围：高低压电器、直流电源、人工智能等项目。公司董事长兼总经理贺子民，系博士研究生毕业。

江峰按程序先找财务对账。财务室的刘会计接待了他。刘会计打开电脑，查了约十几分钟，用失望的口气对江峰说：“很抱歉，没有贵单位的往来。”

听闻此言，江峰感到头上犹如寒冬腊月泼下一盆冰凉冷水，从头凉到了脚。

看到江峰失落的样子，刘会计立马安慰："我是去年底才接手的，电脑里只有近三年资料，你去工程部问问，也许他们还有记录。"

江峰立马回过神来，转身找到了工程部。

工程部姚部长迟疑了半天才说出一句话来："这个合同签订时我在场，有这么回事，欠不欠你们的钱我不知道，但你们的产品出了质量问题，有这账也付不得款。"

江峰早有准备，冷静地回答："质量有问题应该及时告知生产厂家，都过去几年了，对我们的产品质量视为默认了。"

姚部长见说不过去，摊了摊手："你去找我们贺总吧，合同是他签的。"

江峰来到贺总办公室，高档宽大的办公桌前，坐着一位戴眼镜、约四十岁的男子，正在台式电脑上看什么。

江峰上前施礼："贺总，您好，我是金溪公司派来催收货款的江峰，这是我的介绍信、授权委托书和名片，请多多关照。"

贺总抬起头打量了一下江峰，然后说："我们不欠你钱啊！"

江峰提示："贺总，您有没有记错？当年您和我们销售员刘龙签下了102万元的购销合同，您分两次支付了货款50万，余下52万元一直未付。这是合同复印件，这是发货单复印件，这是我们与您单位的账目往来明细。请您瞧瞧。"

贺总说："我记得付清了呀。"说完，拿起桌上的电话就打。只几分钟，刘会计过来了。

刘会计主动说："我查了，应付货款中，没有他们单位的记录。"贺总对着江峰说："我说不欠你钱嘛。"

江峰站起来："那请您出示贵单位的汇款凭证或其他付款依据。"贺总朝刘会计说："给人家弄个依据回去。"

刘会计摇了摇头无奈地说："我这只有近三年的记录，这应该是前五年的账目，无法查。"贺总耸了耸肩："账都没有啦，肯定付完了。"

江峰将前面的要求重复了一遍，执意要看付款凭证："我千里迢迢来这里，您得给我回去交差的证明材料啊。"

贺总见推不过去，就在自己的电脑上倒腾起来。坐着静静等待的江峰，把贺总端详了一番：

眉毛相当清秀，灵动的眼神里充满了智慧和旺盛的精气神，白皙的脸上泛着红光，双肩微窄，眼镜配在他的脸上非常得体，一种温文尔雅的文人气质。

良久，贺总得意地说："我是本地人，是本省高等院校的科班生，前几年业务不多，我自己做账，后来上规模了，才请了会计。"

江峰立即恭维："您真厉害！"

贺总说："前几年往来账里面有你们单位的户头，但应付账款和应收账款做平了，余额为零。"

贺总沉思了一下，接着说："我记起来了，这笔业务是你们销售员刘龙，通过我这里过户的业务。第三方付我多少钱，我就付你多少钱，我没有赚一分钱。后来第三方破产了，没有再付钱。我不能亏损呀，就把应收第三方的货款与应付你们的货款做平了。"

江峰立刻接话："贺总，我也是学工业会计的科班生。如果是课堂作业，您这样处理无可非议，但现实生活中，因涉及三方利益，须有债权人的同意或仲裁法院判决，您才能用债权来抵消债务作并账处理。请问您有我方同意的凭据吗？您未经同意，擅自调账是严重侵占了债权人利益。"

贺总转过身去，很久才吭声："你们的销售员失踪了，我怎么取得你们同意的凭据呢？我不能亏呀，所以并了账。"

江峰马上反驳："刘龙联系不上了，合同和发货单上都有我公司市场部和售后部的电话呀！"

贺总一时语塞，但不愧是博士研究生毕业，转身就想出一条理由："这么多年了，你们一直没有人来要过，已经视同放弃了，起诉也没用。"

江峰强压怒火，激动地说："贺总，按合同约定，您单位收货一年内就得付清全部货款，您没有履行义务，是您违约。您换了电话、搬了家也未曾告诉我们，我们上哪找啊？我们前后派过几次人来找您，我们怎么就放弃了？非要对簿公堂吗？您能赢吗？输了您至少得多付五年的利息，您考虑。"

贺总又转过身去，对着身后"诚信为本，科技兴业"八个大字，在想新的理由。许久转过身来，咳嗽了一声说新理由了："我要是付了你52万，我就亏了52万，你找第三方吧！"

江峰怒不可遏："您自己上当失手，怎能把亏损转嫁到我们头上呢？冤有头，债有主，我们是与您签的合同，您负有履约的义务，第三方与我们毫无关系。"

贺总辩解的理由都被江峰一一驳回，有点理屈词穷，脸上开始泛红。他起身倒了杯茶向江峰递了过来："佩服佩服，你对会计、合同、法律知识还是蛮熟悉的，我说不过你。"

这时姚部长进来，附在贺总的耳边说了几句什么，贺总呼的一声站起来："你们的产品出了质量问题呀，使用单位向我们索赔了，让我花了几万块钱才摆平。这个你又怎么说？"

两人看着江峰，等待反应。

江峰早有准备，不慌不忙回答："合同和发货单上都有我们的电话号码，为什么不转告产品生产厂家来处理？这是您自讨苦吃，怪不得别人。"

贺总和姚部长无言以对，对视了一下，都坐下来。

江峰年轻时曾在淮洲市演讲比赛中拿过三次冠军，演讲是他的拿手好戏。见时机成熟，江峰站起来，指着墙上的八个字，开始了声情并茂的演说："尊敬的两位老总，诚信为本、科技兴业，非常正确英明，是贺总博士生高水平的体现！确实，人无信不立，企业无信则败，你们才五六年，就做到年销三千多万的规模，肯定是以诚信做靠山而取得的丰硕成果，令人羡慕和佩服！但是，欠债不还，既天理不容，也与你们的宗旨背道而驰。如我今天不收这账，有可能会让你们形成不良习惯，长此下去，将失信于天下，何来生意？势必会给你们的发展造成新的更大的瓶颈。我今天是来收回本应属于我们的债权，理所当然，也是在提醒和帮助你们不忘初心，坚持诚信。如果你们真有烂账和不应该的赔偿，那是你们没有经验的产物，可当作创业的学费，不必过度惋惜。你们有的是赚钱机会，要赚的是几百万、几千万甚至几个亿的大钱，何必为了这几十万而致大节不保，让天下人笑话呢？人都是有感情的动物，生意既成就是朋友，朋友以诚信和情义走遍天下。感谢你们使用我们的产品，让我们多了一个用户，做了一个免费的广告。五年的利息和违约责任既往不咎，本金52万请此次一次性付给我们。如果愿意，欢迎你们到我公司考察并与我公司继续合作共赢。相信你们会做得更强更大，未来必定灿烂辉煌！"

听完江峰刚柔并济的总结性演讲，贺总和姚部长举起手来欲鼓掌，但感觉有点失态，立即又放下手来，神情尴尬，哑口无言。

江峰感到胜利在望，松了口气，心里舒坦起来，满脸笑容走上前去，给二人递烟。贺总对江峰说："我把财务喊来一起商量一下，你在外面等等。"

江峰立即起身走了出去。

过不多久，刘会计出来叫江峰进去。

这时三人都露出了笑容，倒茶喊座。贺总笑眯眯地说："我目前资金投入了几个大项目，账上实在没钱。等我保证了公司正常运转的情况下，只要有钱，就会付这笔债款。你回去吧，在家里等待。"

江峰知道，没钱都是"老赖"们的敷衍托词，立刻回话："这笔钱已经五年多了，您再紧张也应该优先付我这笔钱啊！职责所在，我要担当，完不成任务，无脸见家乡父老。今天付不了，我明天再来！"

此后两天江峰连续去了四次，贺总都不在。问刘会计，还是那个说法，账上没钱，找贺总也无用。

当晚，江峰失眠了。

他躺在床上翻来覆去地想：找到了失踪的欠债单位，对方也认了账，这是一个重大突破。但付款遥遥无期，一旦日久生变，烂账风险依然存在。必须趁热打铁，一鼓作气攻下最后一关。

那么用什么方法突破最后一关呢？他耳边想起了帅总的告诫："收账手段不得违法，不到万不得已不能起诉。"老板的话，让他有些犯难。

他进一步推测贺总的心理。贺总理亏，自不会再行争辩，文人气质，也不会动粗。但在办公场所与之纠缠或吵架，很可能会被他以扰乱工作秩序为由，喊来大厦保安将江峰逐出门去，到时会陷入更加被动的局面。

必须更换一个有利收账的场所和环境。

突然，他想到，兰智公司是私营企业，贺总是本地人，从年龄看应该成了家。只要能找到他的家，与之软磨硬泡，给他和他的家庭施加足够的压力，此招可能行之有效。

但江峰转念一想：在这里人生地不熟的，万一遇对方请人施暴，文弱书生的自己是根本应付不了的。为安全起见，需设法找一两个帮手。但公司远在一千八百公里之外，调兵显然成本太高，远水解不了近渴。

他感到有些无助，一筹莫展，就迷迷糊糊睡着了。

突然，一阵急促的手机铃声响起，江峰按下手机免提，传来一个厚重的声音："江部长，我是周勇。昨晚听人说你来兰州啦，不知你事情办得怎么样了，我今天在乡下搞完了安装，下午会来兰州，晚上我请你吃饭。"

周勇？江峰感到喜从天降。立刻回话："你来得正好，我接受你的邀请。"放下电话，江峰立刻振作起来，在房里不停地踱步，心里反复喊着："天降援兵，神助我也！"

周勇，江峰对他是大熟悉了。周勇原来在公司内部打卡上班，常常见面，又同属一个党支部，与江峰经常在一起搞活动，一来二去自然很熟。周勇目前负责大西北的售后服务，同时还从事了甘肃地区的销售。他近一米八的个子，身强力壮，是公司的优秀共产党员，自当全力以赴相助，他来做助手和保镖，那是不二人选。

江峰看了看表，已是上午十一点多，赶紧下楼到旅馆门口吃了个烧烤当早中餐。

回到房间，刚刚躺下，江峰的眼前又浮现出去年"七一党员大会"评选优秀党员时的情景：

帅总推荐周勇："周勇伢子，是我看着成长起来的。当年他在两个车间搞检测和调试，自告奋勇带着四千块钱前往新疆搞销售，三个月后开拓失败。他折回公司搞售后服务，主动承担了许多人不愿去的西北地区的安装维护。在干燥、高原反应、沙尘暴等恶劣气候条件下，顽强地完成了任务，无一投诉。机会都是为有准备的人预备的，他遇上了国网统一招标机会，他用身上当时仅剩的1000多块钱买下标书，一举中标580万，打开了甘肃电力的销售市场。目前他业绩每年上千万，为公司做出重了大贡献！"

工会牛主席发言："周勇在兰州主动义务献血六次，当地红十字会寄来了表扬信。他得知垧西山体滑坡三十多人被埋，除留下回家的路费外，剩余 4800 元全部作了捐赠。这是表扬信和感谢信。"

办公室云山主任发言：

"我们从周勇所在的部门了解到，周勇捐资赞助了三位甘肃贫困地区的学生，负担了三人三年的读书费用，到目前为止已付出五万多元。经当面询问本人和电话向云岩助学促进中心询证，完全属实。"

帅总概括总结："周勇有高度的责任感、坚忍不拔的意志、吃苦耐劳的精神和浓郁的爱心，为企业和社会都作了贡献，这样的人不是优秀党员还有谁是？"

理所当然，全票通过。

这时，周勇的来电让江峰中止了回忆。周勇说已到兰州，下午六点左右同进晚餐，叫江峰等候。果然，六点十分左右，周勇坐着朋友的车子来接江峰。他乡遇故知，喜不自禁，一上车两人就热聊起来。一会儿车子停在了一个特色饭店门口。

进入饭店，找个包房坐下，周勇把同车的两位男子介绍："这是我做 UPS 配套电池的文老板和邓经理。"

双方握手示好。

周勇点了手撕羊肉、黄河鲤鱼、西芹百合等八个地道兰州风味菜。趁等待上菜的空隙，江峰简单把兰智收账的情况与周勇进行了沟通，并提出了需要周勇施以援手的请求。

周勇说："软磨硬泡这是个好办法。既不违法，对方又奈何不得。你的事就是公司的事，公司的事就是我的事，我理当尽力相助。"

江峰又把怎么找贺总家这一难题说了出来，一直在旁静听对话的文老板提示："这么大公司的老板肯定有车，你只要搞到他的车牌号进行跟踪就能找到。"

真是当局者迷，旁观者清，江峰和周勇都同时击掌叫好。晚餐自然是推杯换盏，欢声笑语，不绝于耳。

趁周勇与文老板相互敬酒的机会，江峰把周勇细看了一遍：黑糊糊的脸上长着几粒肉坨坨，几条小小的皱纹若隐若现，光秃的脑门上反照出黑色的亮光。如果不看他灵动的眼神，别人一定以为他有四十多岁了，其实他才不到三十岁。

江峰知道，这是长年生活在高原地区被干燥和风沙侵蚀的结果，江峰不免有些心疼。

应江峰要求，周勇也住进了同一旅馆。晚上两人把细节推敲了一番，看天色尚早就闲聊起来。

闲聊中得知，周勇初来兰州租住的是每月300元的地下室，阴暗潮湿，更不要说通风；上高原地区服务因高反常常连续几天不能入眠，第二天还得拖着疲惫的身体照样去服务；金太阳工程服务对象是无电地区，冬天住在牧民帐篷里，半夜冻醒了还得起来往火坑里添牛粪；夏天烈日当空，荒郊常遇沙尘暴，被困路上缺水少食是常事。

回想周勇献血、捐款、资助贫困学生的事迹，江峰问周勇："你做这么多好事是为了什么？"

周勇说："我家里很穷，是父母借钱供我读完大学的，那时我就暗下决心，一定要做一个对社会有用的人，只要有钱我就要去帮助那些穷苦人。"

看着这张与年龄不太相称的脸，听着他朴素的内心表白，江峰有些感动，内心产生了对周勇深深的敬佩之情。

第一天跟踪开始了，江峰和周勇潜伏在大厦门前。下班时分，贺总果然坐着自己的私家车出门，两人记下了车牌号码，随即拦了辆的士跟了上去。七弯八拐，过了几个红绿灯后，竟然把目标跟丢了。

第二天改变策略，周勇邀来文老板带邓经理开车助阵，一路跟随贺总车后。贺总小车进入一别墅群小区，四人将车停在路边，下车步行进入小区寻找贺总小车。在一栋小型豪华别墅门前，看到了贺总小车，即行敲门。

开门的人正是贺总，贺总看到四人，深感诧异，站在门边，不让四人入内。又见四人来势凶猛，只好承诺明天办公室见。

但第二天贺总并没有兑现承诺，他不在办公室。江峰周勇继续回贺总家附近蹲点守候。当晚八点多，贺总醉醺醺下车进门，两人尾随其后。贺总刚要关门，周勇已插脚大门内。贺总无奈，只好让二人进门。看到二人一时没有离去的意思，就回房自己睡了，丢下二人坐在沙发上等候。

这时，从里屋走出一个风姿绰约、不到三十岁的女人，她自我介绍，说是贺总爱人。贺太太给两人倒了杯热茶，就自己也回房间去了。

坐了一会，江峰看到客厅旁边一扇门半开着，一个约五岁的女孩正在写什么。江峰灵机一动，从挎包里掏出一个红包，装上400块钱，走过去放在女孩的桌上。女孩当即大声喊了起来："妈妈妈妈，伯伯给我红包啦！"

贺太太闻声跑出来，拿着红包要退还江峰二人。江峰说："多次打扰，给您添麻烦了，这是伯伯给小朋友买图书的钱，一点小意思请莫嫌少。"

贺太太见江峰说得诚恳，推了几次也就放在茶几上。此时，贺太太主动和江峰二人闲聊起来。

闲聊中，江峰得知，贺老板心地善良，聪明好学，早年就取得了博士学位。他为人慷慨大方，朋友众多，是做生意的好料子。贺太太父亲借200万给贺总创立了兰智公司。贺总凭一己之长，励精图治，通过六年奋斗，目前年生意已超3000万。

贺太太也耐心倾听了江峰的诉说，她用委婉动听的声音说："老贺应酬太多，经常喝醉，第二天才会醒，你们不要等了，明天去公司找他就是。"

第四天，江峰周勇深知去办公室找贺总也无用，就继续守候。

晚七点多，贺总回来了。两人正欲随后进门，贺总很不耐烦对二人大吼："你们老这样来骚扰我的生活，我会报警了。"

周勇机智过人，顺水推舟："您总不付款，我们被迫用此下策。您要报警那就正好，让警察来评判一下，这款您该不该付？说不定会把您这个"老赖"关进派出所，到那时您的面子可就丢大啦！"

贺总自知理亏，无言以对，强行关门。周勇很有力气，用肩膀狠狠一推，门后的贺总站立不稳，往后退了几步，差点倒地，顿时大门洞开。贺总只好再次让二人进去，然后推说要洗澡，径自进房间去了。

过了半个多小时，贺总出来，见江峰等人还坐那里，就要关门辞客。

意想不到的事情发生了，贺太太从房间出来，用一种带磁性的声音大声说："老贺，我都很烦了。如果真是欠了人家的钱还是要给。他们说得很在理嘛，诚信为本这一条我们还是要坚持到底，今后还要做生意，传出去很丢面子。我们不能做这种昧良心的事，不赚这种缺德钱。人家没有要你的利息，又千里迢迢而来，还是设法给人家付了吧，打发人家早点回去。"

贺总辩解："亲爱的老婆，我目前手里确实没钱呀！"

贺太太说："你不会调剂一下吗？先把其他要付的款子压一压。"

贺太太的话让贺总感到非常孤立，朝二人挥了挥手："明天再说！"

从别墅出来，两人觉得贺太太的枕边风要胜过千军万马。马上预感到快接近付款目标了，心情开始轻松起来，看时间尚早，两人沿街散步。

兰州的夜晚是非常美丽的，漂亮的年轻身影，琳琅的地下摊铺，远处锅庄舞的喧嚣，啤酒杯子撞击的轻响，烧烤发出嗞嗞嗞的声音，构成了一幅幅多姿多彩的图画。

两人在路旁烧烤摊边坐了下来，要了几串烧烤和两瓶啤酒，一边品尝着香气扑鼻的美味，一边欣赏着兰州的夜景。

次日，江峰和周勇二人一到上班时间，就赶往办公室，贺总正在召开各部门头头早会，两人只好在外等候。

当他们再次进去的时候，贺总已端坐在他宽大舒适的转椅上。

看到二人进来，贺总朝两人苦笑了一下，然后起身倒茶。江峰递烟，周勇上前为贺总点火。

贺总叹息一声，坐到转椅上，慢慢地说了一件往事：

"当年你们的销售员刘龙，签这个合同时，带老婆开车来到兰州，准备去嘉峪关一游。刘龙说你们公司汇款的会计出差去了，一时拿不到钱，身上的钱带少了，想要我帮忙借 5000 元小车烧油钱，公司打钱了马上还。他在兰州请我吃过几回饭，人很爽快大方，我没加思考，就给了他 5000元，谁知从此杳无音讯。你们用人呀，真要看看人品才行！"

销售员私自向购货方借钱竟然不还？前所未有，这真是一大奇闻。江峰周勇大为震惊，两人商量了一下，江峰上前向贺总作揖："对不起，过去公司对销售员是全包干放羊式管理，他们的个人行为公司无法约束，给您造成了不良影响，我们深表歉意，先向您赔礼道歉啦。"

江峰随即走出来，在走廊上给帅总打电话。

帅总震怒，随即又非常理智地指示："销售员是公司的形象，刘龙的个人品行给市场造成了严重负面影响，这个恶果我们必须买单，教训深刻啊！这样吧，你代表我道歉，并垫付还他5000块钱。"

江峰返回办公室，把帅总的原话重述了一遍，然后叫周勇陪同去银行取钱。半小时后，5000元崭新的票子放到了贺总手上。

贺总大悦，大夸帅总英明大气，前程无量。并立即抓起桌上电话："刘会计，金溪公司的52万陈年货款给他们汇款吧，你马上来办个手续。"

刘会计立刻赶到，向江峰要了付款信息，当面填了一张汇款单，交贺总签完字，说马上去银行办理汇款。

见通关完毕，两人起身向贺总告辞，贺总送至电梯口，握手告别。为稳当起见，两人下楼等了一会儿刘会计，然后陪刘会计同去银行汇款。拿到银行盖印汇款回单，到外面复印了一份，方才满意收兵。

两人在返回住地的途中兴高采烈，周勇说，为了庆祝庆祝，要好好陪江峰去附近景点痛痛快快玩一天。两人正商量去哪里玩，周勇的手机响了。

公司售后杨萍说，三天前已发货西藏，估计还有两天就会到达收货现场，周勇两天之内务必赶到西藏阿里地区准时搞安装。周勇向江峰说了声抱歉，立刻同去火车站买票。

当晚，周勇奔赴西藏，江峰也踏上了往南的归程。

后来周勇每到兰州都会去拜访贺总，贺总觉得金溪公司诚信，周勇厚重、朴实，先后三次为周勇牵线搭桥，让周勇做成了电站改造共300多万的业务，此为后话。

真假观音

二十一世纪初的一个季秋。

刚下火车的江峰，穿过西城火车站站前广场熙熙攘攘的人群，找到了开往山南县的大班车，坐到了班车的最后一排。

见车子一时还不开，江峰翻看手机中昨晚收到的提示信息："江部长，公司销到山南县电信局的产品从未出过问题。唐局长是咱们省城的老乡，但不知道是何缘故，他一点面子都不给，我每次去问账，都被骂了出来，你小心点哦！"

这是负责该省售后服务的汤贤发来的信息。江峰每次出门收账，都要先行了解产品在欠债单位的使用情况。如有质量问题，必先解决，或修复或更换。一是让用户完全满意，留下诚信服务的良好信誉；二是扫清障碍，开口要钱。

江峰正猜测汤贤几次被骂的原因，上车的人越来越多。叫喊声，说话声，嘈杂异常，扰乱了他的思路。他往车厢门口前看去，有担箩挑筐的男人，也有背着孩子提着大包小包的妇女。穿着各式各样的服装，讲着江峰听不懂的地方话，一个劲地往车上挤。

车厢内弥漫着一种难闻的气味，当车子开动后，车窗口透进来阵阵凉风，气味才渐渐淡了，站着的几个人也慢慢安静下来。

虽然坐了上十个小时的卧铺火车，但江峰精神还好。

他兴致勃勃地观察着车厢里人们各式各样的穿着：有的穿着上世纪七八十年代的六五式军装，有的穿着不知从那里弄来的工装，都褪色泛白；有的男人穿大裆无领蓝布衫，戴瓜皮小帽，有的身着长衫，头上缠着布，脚裹绑腿布，露出许多皱折和泥巴；特别显眼的是女人服装，普遍穿青黑蓝色圆领立襟宽袖短衣，下着长裤，结布围腰，脚穿绣花布鞋。色彩虽然很陈旧，甚至掉线开缝露出破绽，但还是浅淡素雅，显得朴素、大方。

江峰情不自禁地赞了一句："漂亮！"

坐在江峰身边的一位穿着校服、有点腼腆的姑娘，见江峰是外地人，就小声插话："大伯，我们山南县是全省最穷的县。阿公阿婆只有来省城，才会穿得这么整齐，平时是舍不得穿的，在家可不是这样子。"

江峰见有人说话，就和她断断续续聊了起来。

女孩告诉江峰，她姓兰，是她们村唯一的中专生。父亲在部队是志愿兵，还没转业，每个月往家寄钱，她才能到省城读书。因为穷，她们村的小孩很多没有上学，有的小学没毕业就停学了。

一股难闻的气味飘过来，江峰摁了摁鼻子问兰姑娘："咋这样大的气味呀？"

兰姑娘说："这是山南人经常去省城卖鸡鸭鹅和有气味的农产品留下的余味。"

车子停了下来，兰姑娘说："这是省城与县级公路接口。"

这时上来一位发型像包菜的女人，车开不到五分钟，就与一瘦男人大声对骂起来，随后传来激烈的争吵和撕扯声。江峰听不懂，就问身边兰姑娘。兰姑娘告诉江峰："那瘦男人几年前借了女子几万块钱，女子一直找不到人，今天被女子碰到了，要瘦男人还钱。"

江峰站起来往前观看，只见包菜头揪住瘦男人胸前衣服，气势汹汹地用头撞击。瘦男人显得理亏害怕，步步退让。眼看争吵还要升级，在瘦男人的哀求声中，司机停车开门，瘦男人赶紧溜了下去。

车子颠颠簸簸继续往前移动，大家都用同情的语气议论着。突然，包菜头哇哇大叫，从座位底下拉出一个大纸箱。兰姑娘翻译说："这个箱子是那个溜走的男人留下的。"

女子打开纸箱，将箱内的东西拿出来举在头上舞动。有人就近仔细一看，是市面卖230元一条的畅销名烟软"玉溪"。女子对旁边的男子说了几句什么，男子就操着生硬的普通话大声说："纸箱内有五十条烟，可抵一万多。"看着包菜头一付如获至宝的样子，没人不信，都替包菜头庆幸。

包菜头又和旁边的男子嘀咕了一阵，然后旁边那男子继续用生硬的普通话对车厢内的人说："她用半价就地处理这50条烟，在那男人回来之前换成现金抵债，有需要的请帮帮忙。"本身大家早已同情那包菜头，听到只要半价就能买到名烟，顿时争先恐后掏钱购烟，江峰也抢购了一条，不到半小时五十条烟销售一空。司机停车上客，包菜头竟下车去了。十分钟过去了，包菜头未见回归，司机只好继续向前开车。

突然，有人惊呼："假烟！假烟！"。江峰赶忙拆开包装抽出一根烟点火，一种没有经过加工复烤的浓烈草烟味直冲鼻腔，呛得江峰想吐。毫无疑问，这确实是假烟。这时，车厢内已充斥着一阵阵叫苦声、骂娘声。

江峰回想了全过程，恍然大悟，那对男女唱的是双簧，演得活灵活现、惟妙惟肖。在小便宜的诱惑面前，同情心被人利用，买烟的人都上当了。真是防不胜防啊！

下得车来，已是黄昏，江峰找到山南县政府招待所，安营扎寨。

晚上江峰在房间整理收账资料，因为明天要去的是山南县电信局。六年前销售员安欣与之签下三个购销合同，合同总金额是188万，金溪公司履约发货，电信局在签单一年内付了三笔款共108万，其后再未付款，尚欠80万。安欣四年前离职，留下此债未收。安欣嗜酒如命，今年年初身体不适，检查确诊为肝癌晚期。化疗未见成效，病入膏肓，奄奄一息，目前在省肿瘤医院输液维持生命。不便向其询问具体情况，江峰只好贸然前来山南。

次日上班时间，江峰就出现在山南县电信局唐局长办公室。

江峰面前是一位快六十岁的人，两鬓斑白，脸黑皮皱，双唇紧闭，眉毛浓黑。但双目炯炯有神，似一位德高望重的长者，又像有点霸气的老大。

江峰上前施礼："您好，请问您是唐局长吗？"

唐局长抬起头来，微笑着说："正是！有什么事？"

江峰说："我是金溪公司的江峰，特来拜访。"

已经起身的唐局长，又坐了回去，笑容满面的脸上瞬间布满阴云，热情的眼神也一下子变得冷酷无情。不握手，不泡茶，不喊座，一副冷冰冰的样子："我有事，你找财务。"

江峰信以为真，转身来到财务科。与财务李科长查对了欠款余额无误，江峰开口要钱。李科长苦笑着说："我县穷得叮咚响，每一分钱开支都要局长批，何况几十万的款子？只能找局长。"

下午，江峰再次来找唐局长。

唐局长怒气冲冲大骂："你们金溪公司的人呀，都是招摇撞骗的欺世大盗，什么观音菩萨，纯粹混世魔王。要钱可以，叫你们老板来。"

江峰拿出授权委托书："我可是老板授权的全权代表，有什么事您可以告诉我啊！"

唐局长摊摊手："快退休了，我手里是解决不了啦，今后你找新局长了难吧！"说完，径自出了办公室，把江峰丢在那里发呆。

莫名其妙的冷遇让江峰有些心灰意冷。但他又想，既然来了，就要把事情搞清楚，也好对症下药。他去财务、去运维、去建设部等几个部门询问，大家都说："局长待人向来热情的呀？至于他今天为什么对你不客气，我们刚来两三年的人怎么能知道缘由？"

江峰只好来到行政办公室，找工作人员要了电信局的对外号码，闲聊了一阵。

近午餐时分，江峰在县城街道上吃了个盒饭，就退回招待所，在房里反复琢磨自己受冷遇的原因。他意识到了一点：公司肯定有人得罪了唐局长。

江峰想，只有设法撬开唐局长的嘴才能搞清楚原因，但要撬开唐局长的嘴必须公关才行，公关可就要花钱啊，花多少钱才合适呢？

这时他想起了母亲的嘱咐。

原来当年江峰所在的市国营小企业，积压了几十吨老产品，而根据市场生产新产品的原材料几乎为零。企业银行存款仅 3.80 元，又无法再贷款。一把手刘总急病住院，在病床上签述了最后一份任职文件：把江峰从会计推到物资科长的任命书。

临危受命，江峰骑着单车跑遍山区供应市场，做通二十几位供应商的工作，用货到分期付款的办法，赊销了十几万吨材料，保住了生产。当年企业扭亏为盈赢利 120 万。因才能突出，次年江峰被提拔为主管供应的副总经理。江峰觉得这事要赶紧让家中受尽苦难的老父老母高兴高兴。因为父母的人生，真的是太坎坷了。

江峰父亲在江西的老家异常贫困。江奶奶为了独生儿子的前途，将十三岁的江父和童养媳一起，送进湖南长沙当中药调剂和药材加工的学徒。后来江父几经辗转来到淮洲市的一个小镇上开了家小药铺。江父和童养媳性格脾气不合很快离异，收养了个贫穷人家的一岁女孩做义女，相依为命。直到四十岁时才在药铺门口，收留了正带着两个女孩漂泊流浪的江峰母亲。

江父因直爽刚强、爱憎分明，敢说敢讲，加上耳朵聋，得了个江聋子的绰号，远近闻名。江母虽然是一名私塾先生的女儿，但重男轻女的风俗却让这位私塾先生的女儿成了文盲。经亲戚牵线，嫁给江峰外公的学生甘先生，生下两女，得了月经痨，医治无效，留下严重眼疾，只能用眼睛余光看人。甘先生早年是地下党员，又念过大学，解放后调湘潭地区当了国家干部。江母不能写信，加上路途遥远，交通不便，与丈夫长期失去联系，天长日久，甘先生逐渐有了新欢。又嫌弃江母是文盲且有眼疾，竟抛下两个年幼的女儿，强行离婚。甘先生的兄弟以离婚不再是家族的人为由，将江母和两个女儿逐出家门，霸占房产。江母带着两个年幼女儿四处漂泊流浪，被当时四十岁的江父收留并结成夫妻，才过上较为稳定的生活。

谁知甘先生与新欢不合，又行离异，后来找了几个对象都不如意，便又留恋江母的贤良、勤劳、温顺、老实和两个年幼的女儿，逐回过头来要求复婚。江母不计前嫌，盛情款待。尽管复婚已不可能，她仍好言劝慰，含泪送别。后来甘先生又娶了新妻，还是终日悔恨郁闷，三十三岁就得重疾，生活不能自理。甘先生病重期间，新妻竟不辞而别。结果还是江母闻讯前往侍候，直至甘先生逝世。甘的遗体发回故里，甘家竟无人理睬。又是江母以中国妇女的博爱胸怀，带着两个女儿，在一个凄风苦雨的日子里，将甘先生入土埋葬。

解放后江父在镇卫生院下面的药铺当了调剂，有了份更稳定的工资收入，母亲则含辛茹苦抚养家中已有的两女三崽，全家人一直过着紧巴巴的清贫生活。

江峰回到家，将被提拔的消息告诉了老父老母，两老自是异常的高兴。耳聋的父亲笑嘻嘻买肉去了，眼有重疾的老母亲，则赶紧进房摸索着整理儿子今晚要睡的床铺。看到儿子进房来，江母停下了手中的活，语重心长地说："伢崽，有提拔是好事，我们为你高兴。但你的这份工作呀，是难避腥的事儿。崽呀，你记住，不该得的钱不能得，得了要出事；在哪里做事都要忠君务主；花小钱办大事招人喜欢。"

如今，老父老母都已作古（去世）多年，但这三条家训一直在江峰的耳边回响。

家训让江峰几十年如一日，以节俭朴素为荣。两三年内舍不得买新衣，在家用餐有酸菜和青椒煎蛋之类的下饭菜就满足了。出差也难得下馆子，多数时候是吃个几块钱的当地特色粉面或十几块钱的快餐。因此，即使收账要开支一点疏通关系必需的费用，也是省到最低额度，而且是先请示后开支。

想到这里，江峰拨通公司财务主管康茜的电话。

康茜自与江峰联手激战黎堂取得收账成效之后，非常欣赏江峰的尽责、智慧、耐劳和魄力，总是关注江峰的收账进展，经常和江峰分析研究各种债务。当江峰需要助力时，康茜总是及时给予强有力的支持。

江峰向康茜说明了目前状况，要求一千块钱的通关经费，康茜当即表态，这样小的费用她可以审批。

江峰立即拿起电话，按照在电信局闲聊时了解到的上班办公人数，叫淮洲市华强土特产门市张老板，火速寄十五份土特产过来。

半小时后，一份清单信息到了江峰的手机上：

"江总，您好！已装本市土特产如下：油饼5元、豆豉3元、炒米3元、酸枣饼15元、金橘糕12元、鱼腥草8元、芝麻红薯糕10元、茶油剁辣椒6元、老坛酸菜8元、茶油豆豉鱼仔10元，共十样为一份，每份80元，十五份1200元。承蒙多次关照生意，优惠价1080元，包装礼盒相送。按您提供的单位和地址，今天下午五点前可寄出，后天下午可到达，请现场验收。"

江峰往电信局办公室打了个电话，告知按时收货和分发，就在招待所等待起来。

第三天下午三点左右，当江峰前去电信局时，土特产已被分发完毕，唐局长正在洗手。

唐局长脸上略露微笑，对江峰说："看来你还真是金溪公司全权代表，来，请到办公室坐，请坐，我们谈谈！"

办公室人员送来两杯热茶，唐局长关上房门，对江峰诉说起来。

唐局长说："我们这个县，由于长期经济发展水平低，生态环境脆弱，基础设施落后，人员素质低，成为全省最贫困县。六年前人均 GDP 才5000 元左右，每户村民全年总收入人均不超过三万元。穷啊，没钱修路架桥，没钱修房子，没钱供孩子念书，没钱治病，有的连一日三餐都成问题。当时我当局长已有四年，局里缺钱呀，运转很艰难。这时候，你们的销售员安欣，不，安神出现了。"

江峰插话："那您是怎么认识他的？"

唐局长喝了口茶，接着说："我记得那是六年前的五月份，安神穿着一件时尚 T 恤，皮鞋擦得锃亮，手上戴着闪光表，胸前挂着一枚观音的玉佩，手里端着一尊观音的瓷像，口里念着阿弥陀佛，俨然一副阔佬菩萨模样。"

江峰插话："嘀，安欣蛮足的派头！"

唐局长停了一下，接着说："她递过名片，我一看，是金溪公司销售副总，赶紧起身相迎。他说：尊敬的局长，我是来普度众生的。如果贵局能与本人签订一定数量的订货合同，我将行使销售副总的最大权力，赠送你们十个基站的电池。"

江峰大惊："安欣名片是自己印的，根本不是什么副总，就是普通销售员，即使是副总也没有赠与权，他这是骗您啊！"

唐局长笑了笑："此言一出，正缺钱的我们那是何等的高兴，本身都是老乡，就未仔细询证，立刻安排食宿。这还不要紧，问题是县里领导知道了，也以为遇到了真神观音菩萨，把安欣奉若神明，当作救世主，县里、局里认识了他的人，干脆都称他为安神。"

江峰说："印个副总名片，引起客户重视还情有可原，但虚夸自己的权力，未经帅总同意，擅自承诺，根本兑不了现，这纯粹是骗人的把戏。"

唐局长继续回忆："那一年内，他来过十几次，每次十几天，每次往返都是我派车接送。县里三日一小宴，七日一大宴陪他。他海阔天空一阵海吹，说他在什么地方一签就是一两千万的大单，又给这个局那个局赠送了多少设备，讲得有鼻子有眼，无人不信。他的酒量又大，搞得相陪的人个个人仰马翻。"

江峰说："还骗吃骗喝，太不应该了。"

唐局长说："安神神采飞扬，讲得最多的是观音菩萨。说观音菩萨身坐朝天吼，一手持杨柳枝，一手持净瓶，瓶内盛甘露，以甘露滋润苦痛众生。说观音偏袒右肩，合掌向佛。说观音教导我们，要有爱世精神，哪里有苦难我们就应该去哪里救助他们。有几个半信半疑的，他就说：信则有，不信则无。有十几个人被他吹昏了，托他高价买得观音瓷像，日夜焚香，顶礼膜拜。"

江峰笑了笑："他装得蛮像嘛。"

唐局长接着说："第二年上半年，我县举行建县四十周年大庆，专门在主席台上为他安排了座位，准备现场签订捐赠协议。会前三天催他到会，他说正在召开全国订货会议没空参加，从此再未来过。"

江峰说："他可能是无颜见江东父老。"

唐局长吐了口痰，愤愤地说："他敢来吗？我们会把他撕碎。你知道他把我害得多苦吗？各级领导都说我，徇老乡私情，引进骗子，未经考证就轻信虚假承诺，劳民伤财，耗精费神，骚扰扶贫，影响非常恶劣。反正是轮番骂我，把我骂得狗血淋头。因为与安神是同乡嘛，上级甚至怀疑我是他的托，派人来调查我，准备撤销我的局长职务。种种猜测和责骂持续了六个多月。让我一直生活在自责和惶恐之中，在领导面前抬不起头。回家向老婆诉说委屈吧，老婆骂我是引狼入室，害人害己。"

江峰说："安欣真是害人不浅啊！"

局长解释说："那一年内，我与他签了三次合同，共 180 多万，付款近 60%。他穿帮了，不来了，我受了这么大的气怎么办？只好把剩余货款扣了下来，希望他来要账时，我借机出口恶气。"

江峰告诉唐局长："安欣小学未读完，素质很差，帅总创业初期缺少人手，看他口才不错就用了他。金溪当时是全包干放羊式管理，培训和管理缺乏力度。他利用了你们急于脱贫的心理，用虚构职务和虚假承诺的手段来达到打开此地销售局面、骗吃骗喝的目的，手段实在是相当的低级和恶劣，今晚我会郑重向帅总汇报，彻查整个销售队伍，严防此类事件重演。"

唐局长叹息一声，"早有人这样说就好了，让我白白的背了五年黑锅。"

停了片刻，唐局长又问："安神怎么不来？那尊观音菩萨瓷像还在柜子里呢，我要用它砸碎他的脑袋。什么观音菩萨，不过一跳梁小丑，混世魔王。"

江峰告诉唐局长，安欣四年前就离职，现患绝症，命悬一线。

唐局长沉思了半晌，然后一声长叹："这也许是因果报应吧！"

当晚，江峰向帅总作了汇报。帅总大惊，随即大骂："安欣真不是东西，用此种低劣手段开拓市场，为人所不齿，把我的脸丢尽了。不是看他生命垂危，一定要严惩不贷。"最后帅总说："江峰，明天代我买两条烟送去，向唐局长深深致歉。另外，你多留几天，去乡下看看，到底他们有多穷，回来向我汇报。"

次日，江峰照章行事，花五百元买得当地两条名烟，恭恭敬敬送到唐局长面前，并代表帅总致歉。唐局长见推托几次不成，就交与办公室作备用招待烟了。听说江峰要下乡，主动安排局里司机明天开小车带路前往。

老乡相见，两人自然兴趣盎然地谈起了家乡，家乡的名山秀水、家乡的文化夜生活、家乡的风土人情和餐饮特色等等，言笑晏晏，宾主尽欢。

江峰顺势推介金溪公司，把金溪公司的创业史，进行了绘声绘色的讲解。又把帅总目光远大、胸怀宽广、智慧超人、意志坚定的特质进行了有条有理的述说。最后着重讲述了帅总艰苦朴素、慈爱仁心、广交朋友的几个生动事例。

唐局长聚精会神地听完，发出由衷的感叹："佩服！佩服！"

接下来，唐局长把电信局的情况进行了简介，也把家庭情况进行了简述。最后他心事重重地说："我快退休了，孩子也长大了，老婆也在局里上班，可以退位享福了。就是放心不下家中八十岁的老母。她说金窝银窝不如自家狗窝，就是不愿与我们长居一起，一个人在老家省城生活。虽然我逢年过节都会专程探母，母亲身体也还硬朗，但毕竟远在千里之外，很不放心啊。"

江峰接话："金溪公司是讲情义的，做了生意就是朋友，朋友日子后来长。我常去省城，比你方便，告诉我地址电话，有空顺道代你去尽个孝，给老母一个慰藉。"

唐局长很是感动，但他坚决拒绝，说一世清廉，不愿老来被人笑话。

眼看快到晚餐时间，唐局长作总结了："江总，你来一趟很不容易，又被我冷淡了几天，很是对不住啊。我局目前确实有些困难，我先付十万给你回家交差，今后有钱了再慢慢付你。"

江峰收账很少有空手回家的，今天能汇十万，也算不虚此行，立即拱手作揖："唐局长，您给面子了，谢谢！"

随后，唐局长召来财务李科长，李科长与江峰核对了账号等，即表示明天上班就会汇出。

江峰要了唐局长、李科长和司机电话，也给财务和唐局长留下名片，转身回招待所休息。

次日早餐后，司机和江峰前往贫困乡村。先到了乡政府，乡长带路前往几个村，村长带他们上门上户，共访问了十个家庭，中饭来不及吃，晚饭就在乡政府食堂。吃饭时听司机说唐局长常托他给老母寄东西，江峰就趁机记下了唐局长老母的地址和电话。

回到山南政府招待所，已是晚上九点多，江峰马上编写短信向帅总汇报：

"帅总：遵命走访了两个村的十个贫困家庭，情况综合如下：

1、往乡镇道路较难走，路面坑坑洼洼，车子左晃右甩；从乡往村道路，基本是基建道，车子多次陷进泥坑，垫石、铺草、推车方才脱困。十户中有三户需涉水过河，有五户要翻山越岭。

2、有四户房子还是五六十年代泥土筑就，墙面许多大洞通风透光，有几户墙面开裂用树木支撑，有六户属木板老房，下端潮湿腐烂，上端倾斜开裂。十户人家均找不出一件像样家具。

3、男人穿着普遍寒酸，有的还穿上世纪七八十年代六五式军装和工装，基本褪色泛白，经询问，还是慈善机构捐赠。妇女衣衫不整，有的露肚，有的露背。

4、有上十名超过上学年龄的小孩，光着脚丫子光着屁股在泥堆和灰尘中翻滚嬉戏，其中一户四名小孩共用一双鞋，经询问，小孩多因贫困失学。

5、有三户家中老人面黄肌瘦，驼背咳喘，经询问，患病无钱医治，靠上山挖草药衍生。

6、有十几位青壮劳力因无文化和见识，找不到出门打工路，每天用打一块钱的麻将和跑胡子来虚度时光。

7、此地主产土豆，家家户户吃土豆。有两户正逢午餐，全家六人，桌上四个菜：蒸土豆，烧土豆，凉拌土豆，土豆煲汤。他们自嘲说，这是土豆全席。有一老者说，每月能吃餐红烧肉，当日全家像过年一样热闹。

8、他们不相信自己的力量，信奉菩萨解救。因此十户人家家家装有神龛，供奉不同菩萨，其中观音居多。

9、山南部分人畜饮水与农田水利设施年久失修，有人畜饮水混合的危险。大部分人深居简出，仍沿用传统的耕种方式。

总之，此地村民生活比我们金溪村至少落后30年。

特此汇报，静候指示。"

晚十一点多，江峰收到帅总回复："好的，辛苦了，回来与我细说，一路平安。"

次日九点多，唐局长来电，说十万元已汇出，请查收。江峰即收拾行李返程。

回到公司，江峰连夜向帅总作了详细汇报，帅总很久没吭声，不停地在办公室来回走动。最后，他对江峰说："下个月你陪我去看看，叫朱枫和罗婷同去，翔哥开车，速去速回，你去安排。"

江峰自将有关事项一一落实，就等着这一天的到来。

在等待的日子里，江峰一直惦记着唐局长老母。在一次出差省城返回的时候，按照山南电信司机提供的地址，江峰给唐局长八十岁的老母送去了一瓶10斤乡里小籽茶油。唐局长来电致谢，并在月底又付了十万元陈债。

时间过得很快，帅总去山南的日子临近，江峰提前五天向唐局长告知了此事。考虑要做好食宿安排等事项，江峰在帅总启程的前一天下午四点，先行到达山南电信局。

江峰进去时，唐局长正组织员工搞卫生大扫除。唐局长一边拖地，一边哼着香港歌星叶倩文的爆红歌曲《潇洒走一回》："天地悠悠过客匆匆潮起又潮落，恩恩爱爱生死白头几人能看透……"

第二天晚上九点，翔哥开车，帅总、企管朱枫、财务罗婷、销售员万夫一行五人抵达山南。

虽已是夜晚，但依然能看清招待所披上的盛装：从屋顶悬挂十几条鲜红欢迎标语，十几个彩色气球飘下各式各样的祝福语条幅。招待所内外彩旗飘飘，一条鲜红的地毯从门口铺到了楼上，地毯的两旁插满了鲜花，身着旗袍的十几位青春靓女站立大门两边。一派浓烈的喜庆气氛。

一阵热烈的鞭炮响起，几十声闷雷般的礼花弹响过，山南县委欧书记、县委办公室钟主任、政府主管戴副县长、扶贫办尹主任、慈善会孙香、助学基金会寻会长、人才交流中心杨主任、唐局长、江峰等十人上前迎接。

帅总下车，山南县各级领导上前握手，交换名片，众人簇拥他进入市政府招待所。欧书记在宽阔的大厅里发表了热情洋溢的欢迎讲话，戴副县长等人也深情发言。然后像众星捧月般，通过红地毯，把帅总送入住房。再然后，各位领导轮番进出帅总房间。

等唐局长从老板房间走出来时，已是午夜三点。

次日上午九时，三辆小车一辆旅游车，共30多人陪着帅总浩浩荡荡开往乡下贫困村实地考察。

考察的第二天上午十时，帅总与山南县慈善会签订了修桥修路饮水工程捐资三百万元协议；与助学基金会签订了捐资两百万元协议。财务罗婷在双方签字盖章完毕半小时内，将五百万元一次性打入了两个单位账户。

朱枫部长与人才交流中心签订了安排一百名农民工进厂的协议。

销售员万夫则与唐局长谈妥了由帅总授意捐赠四个基站电池的相关发货安装事宜。

当晚，帅总一行在众人依依不舍的欢送声中，披星戴月赶回公司。

次年仲春，莺歌燕舞，百花盛开。

财务部传来消息，山南县电信局80万陈年货款已全部到账。

企管部传来消息，山南县第一批农民工80人经十天培训，全部进入两个生产车间工作。

市场部传来消息，山南县电信局出示的用户意见中"该公司为我县扶贫作出了重大贡献"的特别标注，让销售员万夫一路过关斩将，夺得该省电信集中采购招标第一名，获得三千万份额的订单。

时光悠悠，转眼就是五年。帅总在江峰等人的陪同下，应邀参加山南县建县五十周年大庆。金溪公司真假扶贫的故事被当地文坛以地方戏形式搬上县庆舞台，获得空前热烈的演出效果。

扶贫特别贡献奖的授奖仪式完毕，作为扶贫企业的主要代表，帅总用他那充满激情的声音在台上发表获奖感言：

"一个企业做到一定规模，这个企业的老板，他考虑的不仅仅是企业盈利，他还有更重要的事要做，那就是对这个社会的责任担当。我的付出微不足道，但是只要有更多的人来担当这个责任，我们这个世界就会像春天一样，无限美好。我愿为建设美好的世界奉献我毕生的热和爱。"

上万人的大会场掌声雷动，经久不息。

帅总左手拿着"慈善之星"的金匾，右手提着一个半米长的木箱子走下主席台。江峰接过木箱，打开一看，无独有偶，里面装着一尊镶金的观音菩萨像。

一直陪在身旁的山南县委欧书记，握住帅总的大手，只说了一句话：

"您，才是真正的观音！"

参战传情

二十一世纪初的一个夏天。

江峰和售后谢艾登上前往西南边陲安宁县的列车。

列车开动后十几分钟，睡在卧铺车下铺的老谢掏出携带的香辣鸡翅，江峰则拿出淮洲炒米，两人一边品味，一边聊起天来。

老谢率先拉起话题："江部，听说您对安宁很熟悉，您什么时候到过那里？"

江峰说："岂止到过那里，简直是有一段刻骨铭心的经历。"

老谢充满好奇："那您给说说。"

江峰就慢慢向老谢谈起了一段往事。

"安宁，与越南谅山省的几个县接壤。我当年从知青下放地花江应征入伍，来到安宁，进行过十几天的训练。"

老谢若有所悟："难怪！"

江峰记得刚到安宁的情景："战争的阴云已经密布，远处传来稀疏零星的炮声，军车载着各种重型火炮急驰而过，扬起的灰尘遮天蔽日，一队队脸色严峻的士兵擦肩而过，县城周围全是身着六五式服装的战士。白天的训练中，教官们在进行着战前动员。晚上放的纪录片是越南侵略柬埔寨、驱赶华侨、炮击边民的内容。画面鲜血淋漓，哭声遍野，真是触目惊心。"

老谢明白了："哦，您说的是那次对越自卫反击战。"

江峰记起新兵的夜生活："大战来临前的气氛，已让新兵们非常紧张。夜晚，看完了电影的新兵们，聚在帐篷昏黄的蜡烛光下，有的写请战书，有的写入党申请，有的在给家乡初恋的姑娘写信。我则在给父母写人生的第一封信。"

老谢来了兴趣："你是怎么写的？"

江峰回忆了一下说："都二十多年了，记得不是很清楚了，大概是讲述新兵生活和紧张环境吧。还记得最后一段是这样写的：亲爱的爸爸妈妈，也许我会倒下，请不要哭泣和伤悲，儿为国捐躯虽死犹荣，化作了伟岸的高山和春天的鲜花。每逢清明，请在儿的坟头插上一束鲜花，让儿想像到祖国山川遍山遍岭的烂漫山花。其中开得最艳的那一朵，就是儿的化身，它在向你们绽放着生命的芳华。再见吧，亲爱的爸爸妈妈！"

老谢擦了擦眼睛："太感人了，我都要流眼泪了！"

"有的新兵还将身上的所有现金与入党申请书放在同一个布包里，并夹上一张字条，字条上写着：敬爱的党支部，假如我牺牲，请追认我为中国共产党党员，这是我向党交的第一笔也是最后一笔党费。"

两人正聊着，这时餐车员推着车走过来，老谢赶忙说："江部，先吃饭，等下聊。"

伴着美食，伴着列车铿锵的节奏，当年的战地生活再次在两人眼前展开。

"在安宁度过了紧张和简单的元旦，就分入野战军汽车连勤务排，担负起押运弹药、伤员、俘虏和物资的任务。当时驻扎到与越南一山之隔的莽山，还未开战，就传来我师侦察科李科长殉难的消息。我连指导员用哀恸的声调，向全连官兵讲述了李科长牺牲的全过程。"

老谢很纳闷："未曾开战就折将，怎么回事？"

江峰说："当时开战在即，为了摸清对方情况，李科长带四名侦察兵潜入越南纵深五六里，摸清了越方火力配置，同时抓到一名内奸，解押返回。眼看快到边境线了，在通过一片比人高的茅草地时，走在后面的一名战友不慎踩响了越方前几年埋下的地雷。瞬间，越方人员持各种枪支扫射，一时间枪声大作。李科长穿过枪林弹雨，返回营救战友，拖着负重伤的战友艰难前行，不幸也踩响了地雷，其他三名战友迅速上前包扎。已鲜血淋漓的李科长，用微弱的声音，艰难地向战友下达最后的命令：快！回去汇报，不要管我！"

老谢："李科长的遗体运回来了吗？"

江峰有些伤感："余下的三名战友一人押着，另两人硬是生生死死地把两牺牲的战友背回了国内。"

老谢感慨万分："李科长出师未捷身先死，常使英雄泪满襟，惜哉惜哉！战友生死营救，情深似海，可歌可泣！"

江峰想起了伟人毛泽东的话，就说："人固有一死，或重于泰山，或轻如鸿毛。为人民利益而死，就是死得其所。"

老谢非常认同："同感！同感！"

稍后又问："你们这些同一条战壕共过生死的战友，现在还有联系吗？"

江峰抱憾地说："复员后都为生计各奔前程，除本乡本土的，外地的基本断了联系，音信全无。这个安宁县就有宋九等几个，此次未必能遇上，遇上了也未必还认得。"

窗外电闪雷鸣，下起了倾盆大雨。江峰感到有一点困，打了个哈欠，老谢非常敏锐："江部，您先睡睡，晚上再聊。"

火车在"嚓嚓嚓"有节奏的声音中前进，两人很快进入梦乡。

下得车来，已经停雨，当时是晚上七点。

两人走在大街上寻找晚餐场所，江峰感到安宁县城已今非昔比：高楼大厦取代了昔日低矮的平房；光滑平整的水泥路取代了昔日积满厚厚灰尘的砂石路；宽阔的大街取代了昔日狭窄的小巷；整洁漂亮的店铺取代了昔日破旧的工棚。满街是琳琅的商品、时尚的服装以及火爆夜宵摊子。

两人找了个小吃店，要了两个当地特色小吃：酸粥鱼肚和驮卢沙糕，津津有味吃起来。

老谢问江峰："你们当时吃什么？"

江峰说："刚开始连队炊事班做饭，两三个菜，一个洗锅汤；进入越南后吃压缩饼干，沟里有水但听说越南人放毒，怕有毒不敢喝，没水饼干就难下咽，只好饿肚子；有次饿两天了，途经我方炮兵阵地，只抢到炮兵们吃剩的三茶缸面条汤；有次同车司机不知从哪里寻得一茶缸饭，三个人你谦我让分着吃；班长拿来连部分下来的慰问品三个苹果，上面刻着'献给最可爱的人'七个字，全班九个人感到莫大幸福，每人咬了一口。"

老谢伸出拇指："可敬可敬！"

吃完饭找到一家战友旅馆，询问了房价、热水和空调情况，开了个双人间，就正式住下来。

两人先行商量怎么完成此行的任务。

原来，五年前，公司销售员邱华在安宁县电信局销了80万电池，只回了40万款，尚欠40万。邱华四年前离职时说他会去收回来，然后到省城做花炮生意去了。市场部每年催邱华回款，邱华每次都信誓旦旦，就是不见行动。转眼已经四年，此40万成为陈债。江峰从邱华那里问来的局长电话，打了多次无人接听，只好申请出差。

出差前，照惯例先询问售后情况。售后刘部长说前天安宁县电信局运维部来电话，有电池鼓肚漏液现象，要求免费更换。于是，江峰与售后员谢艾同来。

谢艾原在车间当生产工人，熟悉了生产各个流程的操作，又坚持自学，从理论到实践都有一套，被选拔从事工序检测和设备调试以及所有产品出厂检验，四年前转入售后服务部。因技术成熟、全面，该部门把他用作机动人员，专门处置各种疑难问题。由于工龄长，年龄相对本部门其他人大点，所以大家都尊称他为"老谢"。

两人商量确定，明天先同去现场解决质量问题，完全解决了，老谢就可以回去。江峰留下来找电信局要求付款。

长途出差是一件很无聊和寂寞的事儿，说完正事，两人又闲聊起来。

老谢余兴未尽："江部，我比你小四五岁，从没听过打仗的事，你给我讲讲。"

江峰坦诚地说："我们是后勤兵，没有上火线，说的事不是很精彩。"

老谢迫不及待地说："要得要得。"

江峰说开了："有一次送炮弹返回，夜宿我方炮兵阵地，轮到我和战友宋九放哨，当时已是午夜三点多。越南特工队长阮勇（后来证实），携带情报，借农妇一家四口作掩护，企图通过炮兵阵地。"

老谢急切地问："他得逞了吗？"

江峰回忆："当时下着蒙蒙细雨，黑得伸手不见五指。我听到细微的蹚水声，看到几个移动的黑影，就大喊一声"站住！"对方拼命地跑起来，战友宋九当机立断，连开三枪。"

老谢兴奋地问："打中了吗？"

江峰叹息了一声："三枪只中一枪。打中的那一枪，从农妇背上的小孩身上穿进去，通过农妇的胸口，再从抱在前面的孩子身上穿出来。农妇手里牵着的一个约十岁的男孩哇哇哇地大哭起来。经后来翻译官审讯才知，农妇一家四口是那男人花钱雇来的附近村民。"

老谢说："惨！惨！惨！战争真是残酷！"

"听到枪声，炮兵阵地所有的人都惊醒围了上去，抓住了那男人。在旁边的水沟搜寻到男人丢弃的手枪。"

老谢："这还差不多。"

江峰的记性很不错："那男人浑身精瘦，双手超过了正常人的长度，蓬乱的长发下面，藏着一双深陷的眼睛，眼睛里放出仇恨的寒光。翻译官一眼就认出来，他就是越南湄公河特工队队长阮勇。上次被抓住过一次，在押解途中被他挣脱绳索，从行进车子的篷布侧面溜下来跑了。"

老谢："这家伙蛮厉害呀！"

江峰点点头："押解这个阮勇让我们花了不少力气。炮团来了个参谋，用我们班上的一挺机枪、两支冲锋枪、六根七斤半重的自动化步枪、一把手枪，共十个人才将他顺利押解到俘房营。"

老谢："如临大敌啊！小心点也好。"

江峰实在困得撑不住了，倒头便睡着了。

第二天，天刚亮，外面传来阵阵嘈杂声、摩托车的响声、听不懂的喊叫声，连成一片。两人爬起来推开窗户一看：好家伙！整条街都是载满荔枝的摩托车。

下得楼来，前台服务员告诉两人，正是荔枝成熟季节，这是越南那边来赶早市的人们。

两人好奇地走到门口，只见摩托上的荔枝，一粒粒绿里透红，外型圆润。老谢花十元钱买了两斤尝味。江峰一看，荔枝个头大，咬开发现皮薄肉厚，放到嘴里一嚼，核小汁多，鲜美异常。一眨眼两斤就吃完了。江峰也去买了五斤当早餐，吃了个够。

上班时分，两人来到电信局运维部。运维部陈部长二话没说，就带二人前往机房。

到达机房蓄电池室，一开门，一股热浪冲出来，空气中还弥漫着些许酸味。

维护班长小曾后退了一步，吩咐维护人员小孔去把房间角落的空调冷气开起来，小孔回答："空调上月就坏了，没有冷气！"

老谢和江峰等人只得站在门口，让门敞开通风，等了几分钟，感觉没这么闷热了，陆续走进机房蓄电池室。

老谢来到蓄电池组中间过道，凑近一看，蓄电池的电池盖排气阀位置微微鼓起，部分蓄电池的排气阀旁边，围绕着一圈面积不大的湿痕；蓄电池槽的侧面明显变形，像一个胀气的肚子，两块蓄电池的侧面都快碰撞在一起了。老谢用手摸了一下电池，虽然不烫手，但还明显感觉到蓄电池发热。

老谢转过头对陈部长和机房操作人员小邓说："这蓄电池由于你方人员操作不当过度充电，造成热失控，已经鼓胀，部分蓄电池有漏液现象！"

陈部长和小曾不太相信，两人都说："应该是你们的产品质量出问题了吧？"

老谢胸有成竹地说："我检查一下就可以给你们讲出现这种情况的原因。"

随即在维护班长小曾的带领下，来到楼上的设备机房，江峰陪着老谢对直流电源的充电柜进行了检查。

江峰下楼来对维护班长小曾说："把你们的人都叫过来，听老谢给你们解释原因。"

很快，陈部长、小曾、小孔、小邓都围了过来。

老谢有条不紊地说起来。

老谢的讲解有理有据，有声有色，所有在场人员鸦雀无声，再没有人说是金溪公司的产品质量问题了。

这时候，陈部长上办公室端来几杯热茶，老谢喝了两口，就开始了工作。

老谢拿来了工具和充放电仪设备，拧开排气阀排气，同时按比例补充了部分蒸馏水，吸掉部分高于蓄电池极板的多余电解液。把原来有漏液的蓄电池排气阀进行了更换。随后又对蓄电池进行充放电循环试验。

当时已是六月天气，室内闷热，维护班长拿来两台小风扇，又泡来一大壶茶，还是降不下来温。江峰是门外汉，只能帮老谢递工具、移设备、加蒸馏水，累得满头大汗，老谢则已汗流浃背。

循环试验开始，老谢对江峰说："江部，你可以回旅社洗个澡，慢慢休息了，我在这里你尽可放心。"

江峰知道公司售后人员素以吃苦耐劳著称，嘱咐老谢也早点回旅社洗澡，就自行回到旅社，先行洗澡，然后开着空调看起电视来。

这时候，又是狂风暴雨，电闪雷鸣。

充电循环试验进行了两次，每次 20 多个小时，老谢都在现场守着，江峰隔三差五打着雨伞去看看。

三天后，双方共同进行测试，蓄电池容量正常，浮充电压均衡，满足运行要求。

电信局所有人都相当满意。老谢和江峰又帮助打扫卫生，试机已恢复正常。

老谢抓紧时间，对操作人员小邓进行了现场培训，交代了必须及时更换或者维修好损坏的充电设备配件，以后要加强机房设备的巡视，以免再次发生类似情况。

所有事情都处理完毕，陈部长在《顾客满意程度调查表》上签字盖章，并向老谢和江峰致谢。

老谢见自己的主要事情办完，回旅馆拿了行李，急急忙忙去火车站买票乘车。江峰见问题解决了，也分清了责任，没了任何障碍，就奔二楼找电信局申请付款。

江峰照惯例先去财务科，一名姓寻的会计接过了对账资料，看到金溪公司的名称，立即亲切地说："我嫂子是你们湖南人呢！"

江峰非常高兴："隔你们这么远，怎么嫁到这里来了呀？"

寻会计一边在电脑上查询，一边回话："我哥在部队是连长，在野战医院住院时认识了当护士的嫂子，后来有了感情结了婚。两人同时转业退伍，嫂子就随我哥到了这里。"

江峰感叹："真是千里姻缘一线牵啊！我们部队那时也有这种情况。"

寻会计看了一眼江峰："您也当过兵？"

江峰自豪地说："我还是从你们这里走上战场的参战老兵呢！"

寻会计马上起身泡茶："失敬！失敬！"

寻会计查完，说对得上往来余款，然后在询证函上盖章签字。

寻会计热情地告诉江峰，只要局长在付款申请上签字就行。

出门时寻会计好心提醒江峰："老局长退位两个多月了，新来才个把月的局长姓马，身高体壮，脾气有点大哦，我们都怕他。"

江峰道过谢转身来找马局长，办公室人说马局长正在与人谈话。江峰从会议室半开着的门看去，有一个个子约一米八，腰圆体胖，眉毛粗黑的人，正站着说话，嗓音很大，调子很高，还时不时的挥手。

稍作停留，江峰敲门进去，上前作自我介绍："马局长，您好！我是金溪公司的江峰。"马局长未予理会，自顾自与人聊天。江峰只得找个位子坐下来。

过了近半小时。仍不见他有搭理自己的意思，江峰有点坐不住了，再次上前："贵局还有四年前欠我们的货款四十万，麻烦您想办法处置一下。"

马局长挥挥手，不屑一顾："没看我正忙着吗？"

江峰知趣退了出来，在门外等候。约十几分钟，看到谈话的两人握手，马上进门。

江峰拿着对账单和付款申请再次上前："这是有四年了的陈年货款，麻烦您审批签字。"

马局长推辞："四年了？去找老局长。"

江峰知道他这是推卸责任，有点火了，但还是忍住气小心翼翼地说："老局长退位了呀，您现在大权在握，别人签字无效啊！还得麻烦您。"

马局长提高了嗓门，打着官腔："新官不理旧事！"

"新官不理旧事？"闻听此言，疾恶如仇的江峰本已憋着气，立时火冒三丈，往桌上就是一巴掌："岂有此理！局长先生，你这是旧中国官场上的陈词滥调，早已过时，少来这一套。请问你是共产党的官还是国民党的官？共产党有你这样的官吗？你这样的素质是怎么坐到局长位子上来的？你是溜须拍马还是行贿买来的官？"

江峰义正词严，局长脸上顿时惨白，强行辩解："我又没有欠你的钱，你怎么这样说？"

江峰怒火中烧："不错，你个人没欠我们的钱，但你们电信局欠了我们的钱，你是一局之长、法人代表，你负有清偿债务的责任和义务，必须担当。"

局长自知理亏，立刻出门，朝厕所走去。江峰紧跟其后，继续高声追问："都像你们这样，几年的钱都不付，我们企业还怎么运转？几百人的工资从何而来？员工哪里还有饭吃？你春风得意，站立高位呼风唤雨，好酒好菜，衣食无忧，你可知朱门酒肉臭、路有冻死骨吗？你只要还有一点点良心都应该付了这款。"

这时，陈部长、寻会计等五六个人赶来劝架，马局长趁机溜走了。

陈部长把江峰拉到办公室，泡来一杯热茶："息怒息怒，局长新来，不知情况，容他慢慢转弯。"

寻会计笑着说："大哥，你们当兵的都这样，眼里容不得一粒沙子。不过您天远地远，人生地不熟的，莫吃亏才好。"

江峰喝过热茶，沉默了半晌，心情渐渐平静下来，对两人说："谢谢规劝。我们向来与人为善，今天是迫不得已，是可忍孰不可忍。我千里迢迢而来，拿不到汇款，是不会回去的。请转告你们局长，一天不付，我就等一天，一年不付我就等一年。从今天起，我的吃住都由你们包啦。"说完，返回战友旅社。

次日，再去电信局，见不到局长，办公室人说局长下乡了。江峰只好又回旅社等待。如此反复两日，仍见不到局长，江峰有些心烦气躁，就下楼往街上散心。

江峰想起旅社的毛巾不卫生，就走进一家店子想买条毛巾。

这时，店里的电视机正在播放安宁新闻，涨水的画面吸引了江峰的眼球，播音员的声音传进了他的耳朵：

"近日来连降暴雨，山洪暴发，黑水河水位猛涨。6月8日傍晚，五名儿童在河边嬉闹戏水，一名五岁的儿童不慎落入水中。第二、三名小孩伸手去救，也相继落水，情况万分危急。听到呼救声，正在河边散步的参战老兵宋九，奋力跳入水中，先将就近的两名小孩推上岸，旋即冲向滚滚急流，救起第三人。经了解，宋九曾在对越自卫反击战中荣立三等功，此次在人民生命安全受到严重威胁的关键时刻，义无反顾、挺身而出，再立新功……"

宋九？参战老兵？三等功？应该就是他，同班战友宋九。

当晚，江峰心情有些激动，一是为老战友的义举高兴，二是终于有了老战友的信息和线索。

第二天，江峰直奔政府涉军办。

涉军办是政府管理退役军人的专职机构（后来改为退役军人事务部），接受和处理退役军人的诉求，协调退役军人与地方政府各部门关系，解决退役军人求职、大病、生活困难等问题。涉军办一般都有管辖范围内所有退役军人的档案。

涉军办工作人员很热情地接待了江峰，并找到了宋九的档案，从档案中得知了宋九的电话和工作单位。

江峰异常兴奋，迫不及待地按照档案中记录的手机号码，拨通了宋九电话。

手机接通，传来一个熟悉的声音："谁呀？有什么事可以帮到您吗？"

江峰喜不自禁："老战友，你好，我是江峰呀！"

宋九有点不相信："你是哪里的江峰？"

江峰提示宋九："淮洲的江峰呀，也是当年汽车连勤务排一班的江峰。"

宋九欢呼起来："真是你个哒鬼呀（真是你这个人啊），老战友，太好啦！你现在在哪？"

一阵热聊，宋九说下班后开车来接，为江峰接风洗尘。江峰立刻回旅社沐浴更衣，中午扎扎实实睡了一觉，养足精神，准备与老战友好好聊聊。

下午六点多，楼下传来小车鸣笛声和叫喊声，江峰赶紧下楼。一个穿着整齐西装、扎着红领带的人站在旅社门口。看到熟悉的身材和笑脸，江峰知是宋九，立马张开双臂迎了上去，两人紧紧拥抱。

江峰深情注视着眼前这位共过生死的战友：四十多岁，一米六五的个子，挺拔的腰杆，有力的双臂，笔直的鼻梁，黑里透红的脸蛋，充满爱意的眼神。还是那个样！

江峰再次紧紧握住宋九的手："久违了，老战友！"

宋九朝江峰胸前友好的擂了一拳："老战友，阔别二十多年，你胖了，但脸蛋、眼神和声音一点没变。"

久别重逢，自有一番亲热。

半小时后，车在一高档酒店门前停了下来，江峰下得车来，门前站立的上十个人纷纷伸过手来。宋九连忙介绍，这都是当年我们一个师的战友。

众人进入酒店，在一大包厢房内入座。江峰被宋九拉着坐在一起。

众战友纷纷站起来自我介绍，有炮团的，有步兵连的，有师警卫连和防化连的，也有师野战医院和修理所的，都是参战老兵。

江峰也把自己退役后的经历简单介绍了一下，并把此次来安宁的任务和遇到的困难说了。

江峰抓紧时间询问宋九退役后的情况。宋九断断续续地介绍了一下：宋九比江峰迟退伍两年，学会了开车，回乡后当了一名县电力局的司机，老婆现在是县医院护士长，有一个儿子二十岁了还在上大学，母亲早亡，父亲与他生活在一起，经济上还算宽裕。

江峰询问宋九，"你救人的事是真的吧？"

宋九谦逊地笑了笑："我从小就在河里洗冷水澡，退役后只要不是太冷我都要去游泳。听到小孩的呼救声，我当时什么也没想，就跳下去了。别听电视上吹得那么神，兄弟呀，低调，低调。"

这时已有几个菜上桌，宋九站起来举杯："第一杯酒，欢迎老战友江峰重返安宁，为他接风洗尘。"

刚喝完一杯，宋九又站起来举杯："第二杯，怀念我连牺牲了的通信员周培战友，也是为我们这些幸存者祝福。"

提到周培，江峰不免有点伤感。原来周培与江峰是高中同届校友，是班上学习委员，还是学校篮球队的主力队员。他本是家中四姊妹中唯一的男人，但武装部和接兵首长经不住他的再三纠缠，就接收了他，把他分到与江峰同一个连队，当了通信员。开战以后，在往凉山战场运送弹药的路上，坐在副驾驶位置上的周培，被躲在公路两侧山洞里的越南特工，用冷枪击中。后来听说部队发了500元抚恤金，其老母思念儿子发疯，每日到街口呼唤："培伢子，回来呀！回来呀！回来呀！"

这时宋九又站起来敬第三杯酒："为我们用鲜血凝成的战友兄弟情干杯。"

有位战友带头，众人唱起了《战友之歌》："战友战友亲如兄弟，革命把我们连在一起，你来自边疆我来自内地，我们都是人民的子弟……"

大家纷纷向江峰敬酒，不好酒的江峰知道无法推辞，都一一喝下。

这时，原后勤部战友江辉端着酒杯走过来，对江峰说："老战友，县电信局属地区电信局管辖，县局上交收入，市局拨付费用。既然弄僵了又走不得水路，那就找县局的上级——边州市电信局，这叫声东击西。来，为你成功干杯。"

眼看山穷水尽，怎料又柳暗花明。江峰大喜过望，连连道谢，举起酒杯一干而尽。

如此再三，江峰已醉得不省人事。

第二天早晨七点多，江峰从沉睡中醒来，发现另一张床上睡着一个人。走近一看，原来是宋九。

宋九也醒了，揉了揉眼睛："江峰，你的酒量不如当年了，喝那么点就搞翻啦。我把你背上车，怕你有事，就睡在这里。想跟你说话呢，你睡得像条猪一样，还发出闷雷式的鼾声。现在没事了吧？"

江峰很是感激："你们也太客气啦，想不到几十年过去，你的感情还依然那么浓烈，谢谢啊！"

宋九淡然一笑："你打工很不容易，来了这里遇到难处，帮你义不容辞，何况你又是有理的事。这样，我请个假，开自己那台桑塔纳小车，陪你去边州市电信局走一趟。"

江峰大喜，马上洗漱就餐。

九点左右，两人往边州市区进发。

出了安宁县城，眼前是宽阔平整的康庄大道，两人聊开了。

江峰说："当年我没力气，行军途中你常帮我背枪；背八十多斤炮弹上山时我跌倒滚下来，又是你帮我把炮弹背上山；我病了还是你想方设法搞来一碗瘦肉粥；看到我冷，你把自己的内衣脱下来，套在我身上；我们住帐篷、车厢、茅草地都是你把衣服叠起来给我作枕头等等，往事历历在目，今生难忘。"

宋九有些激动："你不也帮我很多吗？帮我纠正错别字，帮我写情书，那个三等功的申报材料还是你帮我整理的呢！开战以后，你给我讲历史上尽忠报国事例，撤回驻防又是你教我代数几何。每次在我困惑的时候，都是你帮我分析找到对策，数不胜数！战友如兄弟，情义无价呢！"

江峰十分羡慕："你比我幸运，我只得了个全军通令嘉奖，而你因为那晚及时开枪捉住了特工阮勇而立了个三等功。"

宋九叹息："回到地方，三等功有个屁用。"

不知不觉进入市区，到达边州市电信局。

办公室人员简单询问了情况，就把二人带到一个叫卢副局长的办公室。

卢局长是个中年女性，头上挽了个巴巴头，两眼传神，皮肤白嫩，圆脸一边有个酒窝，牙齿整齐洁白。

三人进门，卢局长放下了手中的笔，认真听完江峰的诉求。她婉转地说："你们说得有道理，这钱应该付给你们，马局长的态度是不对的，下次他来局里我会批评他。不过呢，下面的事我不好干预太多，要让他们有自主权。马局长是我刚从其他县提拔上来的，可能他还没理顺工作。这样吧，你们先回去，有机会我跟他说说，明年你们再来。"

江峰不肯罢休，恳求卢局长："我千里之遥，来一次很不容易，您帮通融一下吧。"

卢局长看了看表，委婉地说："你去找其他局长说说，我还有三分钟就要开会了。"

江峰刚想发火，宋九立马按住了江峰，拉着江峰的手出了办公室。

江峰不甘心："就这样吗？"

宋九拍了拍江峰的肩膀："哪能啊，只是你和马局长吵过一架了，没有必要和卢局长又吵一架，走，找谭晋去。"

谭晋，是江峰、宋九同班机枪手，身高一米七几，身体精瘦结实，思维敏捷，敢说真话，为人仗义，爱打抱不平。

在大门口，宋九向江峰介绍了谭晋退役后情况：

谭晋进了市国营锁厂。锁厂解散后，他下岗在家闲待了两年，后来自己搞起了出租车生意。谭晋为解决战友生活困难等问题，找政府相关领导协调解决，多次出头露面。还实名举报过几名贪赃枉法、徇私渎职的干部，在本市赫赫有名。战友们选他当了战友协会会长。

听完宋九介绍，江峰有点感动。

宋九拿起手机向谭晋打电话，电话通了无人接听，宋九果断地说："走，先吃饭。"

两人找了家餐馆吃了午饭。结完账刚要出门，宋九的手机响了。

谭晋来电，说刚看到未接来电就打了过来。宋九告知江峰来了，谭晋兴奋激动，说要尽快见面，但现在还脱不开身，让宋九代为留住战友，晚上他请客。

两人出来找了个中档酒店住下来。一觉睡到了下午五点多。谭晋来电喊两人下楼到江滨酒店就餐，两人立刻动身前往。

老战友见面又是一番拥抱和亲热。谭晋喊来六位战友协会干将作陪。

见菜上得差不多了，谭晋端起酒杯致欢迎词，江峰猛然瞧见谭晋伸出的手臂上，有两条很长的耀眼伤疤，忙问身边的宋九，这是怎么回事。

宋九摇头："我不是很清楚啊！"

旁边坐着的一位叫英元的战友接话："我清楚！"

英元一边吃菜一边讲述："上个月的一天，下午五点，谭晋受家长委托，正停车校门旁边，等待两名要接的五年级学生上车。突然从校门口传来惨叫，谭晋抬眼看去，一名三十多岁的男人，正挥舞钢刀朝涌出校门的学生乱砍。说时迟那时快，谭晋推开车门，一个箭步冲了上去，奋不顾身上前夺刀。两名保安手持钢叉迅速赶来助战，三人合力将歹徒制服。在与歹徒的搏斗中，谭晋腿上手上被砍三刀。后来才知，歹徒多次被用人单位解聘，两任妻子都离婚，心怀不满，向社会报复。"

这时原司令部守胜战友端着酒杯站起来："大家静一静听我说，谭晋会长见义勇为，为保护学生，勇斗歹徒，光荣负伤，是我们大家的光荣！会长伟大，我们集体敬他一杯酒好不好？"

"好！"大家大声呼应，举杯齐干。

酒过三巡，江峰把目前的难处说了出来，几位协会的干将纷纷表达不满，一致说，这是卢局长不作为推卸责任的表现。谭晋拍着胸脯表示，明天即可解决。

江峰自然高兴，但他觉得问题尚未解决，必须保持头脑清醒，遂找了个身体多病不能多饮的理由，婉言谢绝了大家的继续敬酒。其他人也不勉强，尽兴喝了起来。划拳声、碰杯声、祝福声、欢呼声、笑声，交织在一起，热闹非凡。

看众人神情激奋，谭晋一声号令，大家深情唱响老歌《再见吧，妈妈》："再见吧妈妈，再见吧妈妈，军号已吹响，钢枪已擦亮，行装已背好，部队要出发。你不要悄悄地流泪，你不要把儿牵挂，当我从战场上凯旋归来，再来看望亲爱的妈妈……"

当晚，谭晋提出要三人同居一室，江峰求之不得，马上叫酒店服务员加床铺，三人睡在了一间房。宋九、谭晋都有醉意，兴奋异常地聊开了。

谭晋："我们当年运送的伤员，多数是地雷炸伤的，缺胳膊断腿的，脸被削了半边的，鼻子没了的，耳朵掉了的，鲜血淋漓，你们还记得吗？"

宋九："怎会不记得！有个新兵耳朵少了一只，你俩知道是什么原因吗？"

江峰："那新兵没经验，每打一枪都要从战壕里伸出头去看打中没有。"

谭晋："谁知暴露了目标，被对方打掉一只耳朵。所幸对方枪法不准，不然新兵早没命了。"

宋九："当年我们押解俘虏，一位负了伤行动艰难的女俘，比划着要解手。结了婚的班长推辞不开，被迫给女俘端了一泡尿。后来我们问他感受如何，他说了句很经典的话，你两人还记得吗？"

谭晋学着当年班长的腔调惟妙惟肖地模仿："骚得够呛！"

大家都笑了起来！

江峰问谭晋勇救学生之事，谭晋进行了简单介绍，最后说："我这种性格，一是从小看多了《水浒》的缘故，二是参战和军营生活的造就。路见不平，自会拔刀相助！比起那些在炮火硝烟中冲锋陷阵的战友们来说，只是九牛一毛，算不得什么。"

接着又谈了一些军营趣事，谭晋渐渐的发出了呼噜声，江宋二人还余兴未尽。

宋九提起巧见郭兰英的故事："得胜归来，中央慰问团前来慰问。听说著名歌唱家郭兰英来了，凭着多年对《我的祖国》这首歌的感情，我俩多想一睹芳容啊，但我们深知，一个普通士兵要见名人那是何等的难啊！"

江峰："但有一天机会来了，在送物资返回的路上，途经慰问团驻地门口，刚好汽车熄火，司机说要个把小时才能修好。我俩趁机躲过门口的哨兵，疾跑穿过一个个帐篷，询问驻地其他慰问团人员，终于找到郭兰英。"

宋九："郭兰英没有一点架子，给我俩让座倒茶，询问战场、生活情况，还抚着我俩的手，像慈母一样问冷不冷呀、饿不饿呀、有没有水喝呀、给没给家里人报平安呀等等，说自己有个儿子在北京军区服役，与我俩差不多年纪。她还跑到隔壁帐篷叫来了著名舞蹈家赵青等人，大家围着我俩问这问那。让我俩如沐春风，深受鼓舞。"

江峰记起了回到排里的情景："临分别，郭兰英打开皮箱给我俩所有口袋都装满了巧克力糖果，并把我俩送出驻地大门。人民艺术家的朴实无华和对战士的热爱让全排战友感动和兴奋，纷纷围着我俩反复打听巧见过程，最后排长一声呐喊，十几名战友欢呼着把我俩抬了起来。"

又说了许多过往，慢慢的声音越来越小，渐渐的两人也进入了梦乡。

次日上午九点多，谭晋带着协会的六名干将，身着六五式军服和防刺鞋，腰扎皮带，来到市电信局门口，与江宋二人汇合，奔向二楼卢局长办公室。

卢局长见此阵势有点慌乱，很快镇定下来。

谭晋上前施礼："卢局长，我们是市战友协会的，我是会长谭晋，今日前来拜会打扰，只为金溪公司讨债问账一事。"

卢局长看了谭晋一眼，也许是对战友协会早有所闻，不免担心："你们今天要来打抱不平？"

谭晋纠正说法："我们是来为老战友讨个说法。"

卢局长看了一眼江峰、宋九，对谭晋笑了笑："这事与你们有何相关？"

谭晋高屋建瓴掷地有声："卢局长此言差矣。你们拖欠人家四五年的债，人家怎么运转？中央三令五申，要对民营经济的发展加大扶持力度，你电信局不仅不助力，还长期拖欠人家的正常货款，拉人家后腿。你们不仅是与上级指示精神背道而驰，更是对民营经济发展制造障碍，着实让人气愤，此为一也！"

谭晋晓之以理："你电信局不信守合同约定，有钱不付，长期拖欠，属严重违约。不仅你们自己的信誉造成恶劣影响，还让全市蒙羞，我等皆受牵连，如不纠正，传出去将遭万人唾骂。此为二也。"

谭晋动之以情："国家要求优先安排退伍军人就业，我等参战老兵，年老多病，技能落后，从业困难，能找到一份工作已是很不容易。江峰战友累次空手而归，耗精费钱，老板自然不悦，工作的稳定性就受到威胁，也许饭碗就不保。如他再次下岗，没有收入来源的生活就会牵动我们的心，为其伸张正义也是在所不辞。这种感情，你没有经历炮火硝烟，自然不能理解。此为三也！"

谭晋作结："基于以上三点，对此事我们不能袖手旁观，更不能视而不见。"

宋九在旁添加补充："毛主席他老人家曾经教导我们：我们都是来自五湖四海，为了一个共同的革命目标走到一起来了，我们的干部要关心每一个战士，一切革命队伍的人都要互相关心，互相爱护，互相帮助。所以我们要来。"

卢局长说出她的理由："各位老兵，你们说得很感人。只是下面的事不宜干预太多，否则会养成依赖性，那时我有一百个身子也会忙不过来。新局长千条万绪一时搞不清，此后再来，迟早会付的。"

谭晋当即驳回："县局属你管，有纠纷理应调解，也是维护你电信部门的声誉，怎么是干预呢？这债务双方财务核对无误，明明白白，新局长了解一下签个字又有何难呢？已经拖欠人家四年多了，怎么还要人家下次再来？"

卢局长理屈词穷，就说："我这个局长不好当呀！"

谭晋紧抓要害："马局长是官僚主义，您不担当、不尽责、不作为，纯粹是懒政行为嘛！是不是硬要我们向市委市政府反映或投诉呢？"

卢局长坐不住了，拿起电话，向马局长撒气："你怎么回事啊，把问题闹到我这来了。人家这账早该付啦，该给你局的钱我都给了，四十万也不是什么大数目呀。"

马局长似乎在向卢局长解释，卢局长听了一会，对着电话果断下达指令："要么给人家付钱，要么让人家把设备拉走。不过你不能白白使用人家六年的设备，按他们八年质保承诺期去算，你还得给人家钱呀！"

马局长似乎还在辩解，卢局长提高了嗓门："对你的提拔有些领导是颇有微词的，你不要给我添乱好不好？"

放下电话，卢局长转过身来，对众人说，"没问题啦，你们直接找马局长就行。"

卢局长起身与参战老兵握手："各位老兵，我一时迷糊，决断慢了，惊动这么多人，惭愧呀！"

谭晋拱手："是我们打扰您了，您能秉公处理，我们感到万分荣幸！我代表边城市全体参战老兵，向您表示衷心的感谢。"

众人兴高采烈走出大门来，江峰提出请饭答谢，众人不肯，反过来挽留江峰。江峰未达目的心内不安，急于去安宁县局落实。众人不好强留，乘坐谭晋的车将二人送至城外，方才恋恋不舍握手道别。

出得城来，眼前是阳光大道，宋九觉得助战即将获胜，心情愉悦，就哼起歌来："一条大河波浪宽……"

江峰插话："老战友，你平常都唱什么歌？"

宋九坦言："还不是当时驻扎边境线时你教的那两首《我的祖国》和《英雄赞歌》。后来又喜欢上《血染的风采》《十五的月亮》和《驼铃》。这五首歌都是我K歌时必点的歌曲。"

江峰提问："你咋那么喜欢呢？"

宋九说出原因："这些歌，总是给人昂扬向上的激情，激发对祖国和生活的热爱，引发对当年这场战争的回忆，勾起对战友的浓浓思念啊！"

江峰同感："老战友，你说得非常在理，弘扬正能量的好歌，可以寄托我们全部感情。"

宋九呐喊一声："来，老战友，让我们大声齐唱《血染的风采》。"

于是两人兴致勃勃地唱开了："也许我告别，将不再回来，你是理解？是否明白？也许我倒下，将不再起来，你是否还要永久的期待？如果是这样，你不要悲哀，共和国的旗帜上有我们血染的风采……"

回到安宁，来到电信局马局长办公室。江峰献上两条芙蓉王烟并赔礼，马局长将烟收下，露出笑容致歉："初来乍到，事情繁杂，心烦意乱，难免失态，敬请谅解。"说完爽快地在付款申请上签字。

江峰转身去到财务科，寻会计接过申请单，说今天即会汇出，明天就可到账，叫江峰安心返程。

江峰执意要走，宋九挽留不住，邀来八名战友，手提一箱安宁特产，将江峰送到火车站站台。

宋九为江峰整理行装，一再嘱咐江峰要多运动、吃清淡、少烦恼等，并带头唱起《驼铃》："送战友，踏征程，默默无语两眼泪，耳边响起驼铃声……"

　　江峰含泪上前，逐一拥抱握手，依依惜别，挥手上车。站在车门边，听着战友们"我们想你""下次再来""一路平安"的声声呼喊，江峰，这位刚直的汉子，再也控制不住，竟放声大哭起来。

困守宜昌

二十一世纪初一个初冬的星期天。

上午十点多，江峰在家整理行装，准备应销售员涂跃的请求，途经武汉，前往湖北宜昌帮忙收账。

徐萍开门进来，将一大包药品交给江峰："这里面是应急的速效救心丸和硝酸甘油片、治心绞痛的富马酸比索洛尔片、治高血压的苯磺酸氨氯地平片、治失眠的黛力新、治痛风的秋水仙碱、治拉肚子的氟哌酸，都给你买齐了。张老板，卜医生交代你要按时服用啊。"

江峰笑着说："谢谢啦！老婆最疼我。"

徐萍埋怨："你呀，就是不会照顾自己，身体都弄出这么多病来了，叫人不能省心。"

江峰安慰道："没事，还挺得住，再说这次有老涂做伴，你尽管放心。"

徐萍接着又叮嘱："我给你总结的出门六个字记住了吗？"

江峰立刻回答："身手匙钱充药吧，身份证、手机、钥匙、钱、充电器、药品，都带齐了。"

徐萍强调："记得我们的约定，每周报平安哈！"

江峰学奴才回皇上话的腔调："喳！奴才遵旨。"

徐萍忍住笑："我要做饭了，你吃完饭早点去车站，别误车。"

看着徐萍在厨房忙碌的身影，江峰想到又要出远门，对徐萍很是放心不下。

原来，两年前已经获得小教高级职称的徐萍，患上了严重的心脏病，上课非常吃力。领导关怀，四十多岁就办了病退。但频发早搏，靠胺碘酮等西药维持。而且还有低血糖症，经常要放糖果在身上备用。江峰经常出差在外，放心不下。徐萍也惦记多病的江峰，因此相互约定：每周报平安。

江峰起身走到厨房门边，对徐萍说："老婆，这趟差比较远，有什么事我一时赶不回来，你要当心点啊！"

徐萍说："你放心出差，万一有什么事，我会喊侄子们帮忙。"

徐萍招呼吃饭，江峰一看：青椒炒肉、酸菜煎蛋、小白菜、榨菜肉丝汤。都是江峰喜欢的菜，江峰立马吃起来。

徐萍没有急于吃饭，而是检查江峰的行李，从拖箱中拿出两桶快餐面狠狠地丢在地上，带着怒气责怪："给你说过多少次了，这样的垃圾食品再不要吃了！"

接着又给江峰的保温杯泡上一杯绿茶："你喜欢喝绿茶，带茶叶了没有？"

江峰有点嫌唠叨了："老婆放心，万事俱备了。"

离发车时间近了，徐萍送江峰到马路边，像平时一样叮嘱："每周报平安，早去早回哈！"

然而，江峰没有预料到，此趟出差，夫妻俩差点阴阳两隔。

长途汽车于晚上十点多到达武汉。江峰下车吃了个热干面，匆匆来到武汉办事处，涂跃正在等待，销售员黄亮也在场。

涂跃是公司驻武汉销售员，年已五十有余。曾为某乡副乡长，因承包企业亏损下海来金溪搞销售。涂跃素质较高，善良仁慈，文字功底扎实，个人和办事处的销售资料档案整理得相当规范。闲暇时还经常买买福彩，认识的人都尊称他为老涂。

老涂敬业，四处奔波，寻找商机，签下许多合同。只是过于善良，在形形色色的用户面前缺少对策，回款屡遭刁难。老涂去年请江峰帮忙收回了武汉周边的几笔货款，但深耕的宜昌地区水利水电，仍有几笔陈年老账无法收回。老涂责任心强，担心烂账，遂再次向公司求援。

见援兵到达，老涂高兴异常，寒暄几句就转身烧水泡茶，整理江峰要睡的床被。江峰与黄亮闲聊了一会，转身询问老涂具体情况。老涂说去宜昌的路上慢慢讲，今天坐长途车辛苦了，早点休息。江峰沐浴更衣，上床睡觉，此时已是晚上十一点多。

第二天早餐后，江涂二人登上了去宜昌的长途班车。

稍为安顿之后，老涂介绍情况，足足讲了一个多小时。根据陈述，江峰认为须随机应变，对不同情况的用户采取不同的办法催款。为旗开得胜，先从最容易的五峰母猪漂开始。

当二人下车步出宜昌汽车站时，一辆出租车旁的女子正在招手，请二人上车。江峰抬眼看去，该女子二十来岁，身高一米七左右。头发蓬松，眼神羞涩，脸长下巴尖，皮粗肤黑，衣着也很土气。老涂介绍说，女子叫小美。江峰觉得名不副实禁不住暗暗发笑。

只一会儿就到了一个叫宜居的小旅馆，下车时江峰听懂了小美的一句话："涂叔，我哥给老总开小车了，嫂子准备请你吃饭。"

两人走进小旅馆，各开了一个小单间住下来。

晚上，江峰觉得小美的守时接送和哥嫂请饭之事有点蹊跷，就来到老涂的小房间，与涂攀谈起来。

经不住江峰的再三盘问，老涂说："我与小美没有半点隐秘关系，我是他们家的恩人。"

接着老涂讲述了一个鲜为人知的故事。

四年前的一天，患有重感冒的老涂从五峰返回宜昌，上车后不久就呕吐起来。同坐一排的一位姑娘，从挎包里掏出卫生纸和泉水，递到老涂手里，随后又拿出两片盐姜和两只晒干的辣椒交给老涂开胃。老涂觉得这姑娘心地蛮好，就与之交谈起来。

交谈中获知，她叫小美，家在离五峰母猪漂还有三十余里的深山沟里。母亲患有多种疾病靠药维持生命，父亲是乡上的武装部长。哥哥小强和小美只读完初中，被送到乡上学会了开车。因无力买车，哥哥小强只好在家务农，相当贫困。嫂子守不住清贫，与哥离婚远去。小美出来到离宜昌二十多公里的一个织布厂打工。

听完介绍，老涂顿生恻隐之心。在宜昌下车后，留小美在车站旁的小餐店吃了个便饭。小美拜托老涂帮他哥小强在宜昌找个对象。老涂询问了小强的全部情况，要了联系方式。

两人分手后，老涂想起住在郊区的一位朋友已很久没联系了，就往他家打电话。不料朋友老婆小洁告知老涂，朋友已于一个月前车祸丧生。老涂多次去过小洁家，小洁与之很熟，老涂就在电话中安慰了一番。

过了几天，老涂记起了小美临别的托付，觉得小洁与小强比较般配，就顺势提亲。小洁信任老涂，没加思考就答应与小强见面。老涂即电告小美，约定见面时间。双方见面不久，小强成了小洁的倒插门女婿，不久在家门口的化工厂当了名开叉车的司机。此后三个月，小美也被老涂成功介绍给一位卖保险的熟人，结婚后小美开起了出租车。

哥妹二人成功走出贫困山区，老涂就成了他们家的恩人。

听完整个故事，江峰有点感动，盛赞老涂的爱心举措："你用婚姻帮人脱贫，这种善举我要向公司反映。"

老涂连连摆手："千万别张扬。毛主席说过，一个人做点好事并不难，难的是一辈子做好事。"

江峰觉得老涂宅心仁厚，将来必得回报。就用一句俗语总结："善恶到头终有报，高飞远走也难逃。"

次日清晨，两人直奔一百公里外的五峰，又从五峰转车，一路颠簸到达母猪漂乡。下车后找签订合同的企业办游主任。

游主任虽然客气，但无奈地告知二人："我们三个月没发工资了，财政没钱。"

第二天，找小美的父亲蒋部长。蒋部长说，虽然明知老涂来过多次，因乡上有严令，任何在职干部不得受人请托帮商家办事，因此也就无能为力。

江峰想了想，问了问主管企业办的俞副乡长的情况，然后对蒋部长说："您中午想办法把你子女迁到宜昌的事情让俞乡长知道，其他什么也别说。"

次日，蒋部长依计而行，在乡上食堂同餐时，有意无意地向俞乡长透露了子女户口迁出五峰的情况。

下午，江涂二人找俞乡长。俞乡长是位三十多岁女性，慈眉善目，语气温和。知道来意，诚恳地说："这里是五峰县的贫困乡，全靠税收发工资和搞工程，这款子目前确实付不了。等情况好点，你们再来。"

江峰不肯，说先上蒋部长家看看再来。俞乡长忙问缘由，老涂和盘托出帮兄妹介绍对象一事。俞乡长听完，凝视了老涂好久，似乎略有所思，叫二人等几天再来。

等到第四天，二人很不耐烦了，再找俞乡长。俞乡长笑眯眯地请二人喝茶，然后说："想了好多办法，筹的钱还差五万元。贵单位能不能献点爱心，让利五万元？"

二人有点目瞪口呆，面面相觑。心想没要你拖欠的利息，还要我们让利？真是有点过分。

看二人无语，俞乡长解释说："也许还有五年我们乡就彻底摘帽了，那时候来要款一分钱也不会少。"

江峰只好算账给俞乡长："22万元三年的同期银行贷款利息就三万多，老涂前后来18次的差旅费和工资就近一万，两项加起来就是四万多，我们厂家何来利润可让？"

俞乡长笑着说："当然，按算的是这么回事，但同情之心人皆有之吧！要不被老涂做媒之事感动，我才不会去帮你们筹钱呢！"

双方讨价还价，俞乡长最后说："给我点薄面吧，我答应了帮几个穷孩子筹点学费。就让两万块钱，要行，马上签个协议把款付了，不行就过几年再来。"

听到此言，江峰犹豫不决，立刻请示帅总。帅总同意，双方签下让利协议。

半小时后，乡财政所往金溪公司汇款二十万元。

返回宜昌的路上，老涂问江峰："用我的善事来收债，这一招叫什么？"

江峰不假思索回答："攻心为上。"

老涂问："你怎么想到这一招的？"

"人心都是肉长的，俞乡长已为人母，知冷知热，通情懂理，又面目善良，你做的事肯定会让她产生同情，自然就主动帮我们想办法了。"

老涂恍然大悟，一拍大腿："对！言之有理！"

想到从家里出门已经七天了，记起和徐萍"每周报平安"的约定，江峰急忙给家里去电话，询问徐萍身体情况。徐萍说："刚与李老师、欧医生跳舞回来，正准备洗澡。记得每周报平安哈！"

第二天，班车爬行在一条坎坎坷坷的沿山公路上。花了两小时，到达秭归，又转车、转摩托才到达光泉水电站。

走进水电站，眼前一派萧条景象：设备搁置在露天场所，没有人做事，只有三四个人守场。从守场的老李口中得知，水电站建设工程因股东不和闹撤资而停工。顿时，两人心里拔凉拔凉的。

苦等一天，见不到签合同的马站长，两人只好到附近的小镇上买了两床大棉被和一箱方便面带回工地，准备打持久战。

在冰凉的办公桌上睡了一晚，第二天见到了马站长。

马站长无可奈何地说："即使有人投资，看还有五年能够恢复正常啵，目前拿什么付款啊。"

二人失望，提出把设备拖回去，马站长坚决不肯。二人只好继续在办公室住下来。

第三天，江峰内心焦躁不安，在办公室唱起京剧《沙家浜》中阿庆嫂的唱段："风声紧，雨意浓，天低云暗，不由人一阵阵坐立不安。亲人们，粮缺药净消息又断，芦荡内怎禁得浪激水淹……"

几名留守的工友闻声前来鼓掌，要求江峰表演节目。江峰开口就来，表演了著名相声演员马三立的单口相声《逗你玩》，众人捧腹大笑，热烈鼓掌。

一个叫汪大哥的好心人暗示江涂二人："站长那辆北京吉普是去年花十几万才买的。"江峰心领神会，递烟致谢。

第四天，终于又见到马站长。马站长还是前天的态度，江峰当面从挎包里拿出大包的药来吃。老涂告诉在场人，江峰患有心脏病等多种疾病，随时可能发生意外。

江峰大声对马站长说："把我逼发病了，水电站要负全责。"

江峰也不过是拿病来吓唬吓唬人，想不到还真起了作用。

第五天，马站长小心翼翼地找江涂二人商量："能不能用其他闲置设备来抵欠款？"

江涂二人执意要拉回自己的设备，站长还是不肯，首次协商不成。

第六天，马站长又来协商："这台北京吉普去年花15万买的，我们只欠你们10万，抵了还有多，你们能不能找几万块钱给我们。"

二人正中下怀，同意收车抵债，但不能找钱。双方均不让步，第二次协商又告失败。

第七天早晨，江峰捂着胸脯对守场人老李说，"李师傅，我昨晚胸口疼，晚上起来吃了五六次药止不住，通宵没眯眼，可能是心脏病发了。药都吃光了，麻烦您帮我到镇上买两瓶硝酸甘油片来。"

老李急急忙忙骑摩托去了小镇，将情况告诉了马站长。

上午九点多，马站长急匆匆地赶来了。对二人说："告饶告饶，我算怕了你们。来，把字签了，把车拉回去抵债。"

二人迅速在收车抵债协议上签完字，到镇上用固定电话通知公司来人提车，当即返回了宜昌。

回到宜昌，两人很有成就感。虽然花了七天时间，但面临的烂账风险终于被排除。老涂问江峰："江部长，这次用车抵债的成功实现，你用的又是哪一招？"江峰笑着回答："苦肉计哈！"两人开心地笑起来。

已到七天，江峰急忙给家里打电话。果然，传来徐萍的埋怨声："这几夜都梦见死了的人，昨天打你几次电话都不通，我还以为你出什么事了！"

江峰解释："那里是深山，手机根本没信号。"

中午，老涂特意点了几个好菜想庆祝一下，想到徐萍说的梦，江峰一点胃口都没有。

从秭归回到宜昌的第二天，两人前往宜江旅游开发公司清收五十万元到期货款。

据老涂介绍，宜旅公司三年前开发的银水湖旅游项目工程早已竣工，设备运行良好。但签订合同的郑总以种种理由推托，老涂二十多次无功而返。

江峰预感此次清收也不会顺利。

果然，找到郑总时，郑总说："股东投资没有到位，目前无能为力。"

第二天再去，办公室秘书说郑总上市里开会去了。

第三天又去，等到下午快下班时，终于见到郑总。

郑总还是前面那个说法，江涂二人只好拦住他的小车不让走。

郑总信誓旦旦口头承诺一定会付，要求二人莫挡车。

江峰提出要写文字承诺和出示对账单，他却拍着胸脯说："要什么文字啰，失信就是小狗。"

二人忧心忡忡回到住处，磋商对策，认为郑总口头承诺靠不住，必须尽早采取措施。

最好的办法是先请当地人疏通关系。如果不行，马上回家起诉。

但是人生地不熟，哪里找关系呢？

正在犯难，门外传来喇叭声，老涂说小美夫妇请饭。

饭桌上老涂把请人帮忙的想法说了出来，小美夫妇一连说了好几个熟人名字，都因是社会最底层人物，马上被否决。两人一筹莫展。

饭后，小美送二人返回住处，下车时，小美突然想起一个人。

原来上个月小美正在街上载客。经过一个超市门口，突然发现前面马路中间躺着一个人。小美紧急制动，下车一看，原来躺着的是个四十岁左右的女人。摸摸鼻孔，还有气息。小美马上和路人将女人抬上自己的车，送去就近医院的急诊室抢救，还垫付了急诊费。

十几分钟后，女人被抢救醒过来。小美才知道，她是宜昌市宜江教育局副局长的太太田老师，在去住所附近的超市买菜回来时，发了低血糖病。

田老师非常感激小美的施救，请小美夫妇到家里吃了餐饭，送了酬谢礼物，保持了电话联系。

听完情况介绍，三人商量上田老师家碰碰运气。

第二天晚上，三人敲开田老师家门时，豪华客厅里坐着几个有派头的人在聊天。

田老师对救命恩人的到来，非常高兴，一边喊坐一边泡茶。

寒暄几句后，小美说明来意。田老师立马说："小美你的运气真好！"

随即指着在座的一位大腹便便的男人说："这是我亲老弟，宜江房产公司田老板。他是宜江旅游开发公司的股东。你找他就行。"

江峰大喜，向田老板告知求助原因。

田老板听完诉说，很高兴地说："我还差开发公司一百万股金，如果你们需要黄金广场每平方4800元的房子，明天就可办手续冲抵我的投资款。"

经请示帅总同意，三天内就把一百平方房子过户手续办完。五年后当金溪公司抛售该房子时，房价已涨到了每平方15000元。

办完手续，回到住处，江峰感到非常的疲惫，正想脱衣睡觉，徐萍打来电话。

徐萍说："上午和李老师、刘吉、袁班长等人唱歌了，刚到戴老师家吃饭回来，玩得很开心，不用担心我。记得每周报平安哈！"

接完电话，江峰倒在床上就睡着了。

睁眼已是晚上八点，二人连忙去街上小餐馆点菜吃饭。

三战三捷让二人心情分外愉悦。

老涂又问："江部长，通过关系收房抵债，化解坏账风险，这一招叫什么？"江峰哈哈大笑："古人云：好风凭借力，送我上青云。这叫借力成事！"

老涂赞曰："妙招！"

出长差是乏味枯燥之事，晚上，二人坐在一起又闲聊扯谈。

徐萍的"每周报平安"已引起老涂的关注和兴趣，他羡慕地问江峰："你们的爱情一定非常浪漫和甜蜜。"

江峰说："我们是平淡夫妻。"

老涂问："那你又是怎么看上徐老师的？"

江峰感叹："讲到底，夫妻都是命中注定的缘分！所谓百世修来同船渡，千世修得共枕眠！"

老涂来了兴趣："你们是怎么个缘分法？"

江峰说："说来话长，那得从我的大学梦说起。"

"没关系，你慢慢说。"老涂坐到江峰床前静听讲述。

江峰凝神回首悠悠往事。

当年江峰高中毕业下放花江当了民办教师，遇上恢复高考。第一年报的理科没有希望，第二年报的文科，以 303 分上线。然而试卷到韶山重审，降到 297 分。公布的录取线是 300 分，金榜无名。又逢知青可优先当兵政策，通过体检政审，江峰参军入伍。

谁知入伍第一年因参加自卫反击战，错过高考机会。第二年的一个晚上，指导员说政委问江峰考院校还是考步兵军事学校，如考步兵军事学校明天上午就去师政治部参考。江峰觉得考步兵军事学校容易点，就欣然前去应考。因路程较远，当步行赶到考场时，已迟到半小时，谁知还考了第一名。当与其他四名录取者高高兴兴步入桂林步兵军官学校时，却发现只是六个月的文化教员培训。第三年江峰已是军教导队的文化教员，一边辅导上百名学员的文化补习，一边应考。高考成绩揭晓，江峰总成绩 359 分，全师排名又是第一。到军野战医院体检时，等到十一点还未抽血，江峰忍不住饥饿悄悄吃了一个馒头。后来学员们多数来了录取通知，江峰却被政委告知，你因肝功能转氨酶超高不能录取。

说到此处，老涂起身泡了杯热茶，递给江峰说："江部长，人若背时，盐罐子都会生蛆啊！"

江峰说："万事不由人计较，一生都是命安排。"

老涂切入正题："你是怎么认识你老婆的？

江峰想起了第一次陪人相亲过话。

江峰刚分配到嘉年华纸业公司时，从事切草、切材等体力劳动强度大的三班倒工作，情绪低落到了极点。

家里父母说有好几个人来说媒，要江峰回家相亲。当时江峰毫无兴趣，几次回家都没理会。过了三个月，有一发小陶春约请江峰作中介人，到离家十几里的小学相亲过话，江峰欣然同往。路上陶春告诉江峰，想谈的对象是徐萍老师，她与江峰同是发小。江峰对徐萍一团雾水，毫无印象。

当时从学校一个教室的窗口看过去，一名女老师正在带着学生读书。声音悠长，起伏跌宕，非常好听。循声看去，领读老师身材高挑，成熟大方。陶春告诉江峰，此人正是别人介绍给他的对象徐萍。

下课后徐老师泡茶让座，热情地接待了两人。从聊天中得知，她上小学三年级就分班跳级了，后来上高中也比江峰高一届，但毫无接触，因此江峰对徐萍没有印象。

聊天中江峰细看徐萍：鼻直口正，端庄秀丽；红润的脸上散发着青春的气息；明亮闪烁的眼睛，露出几分羞涩；两条乌黑油亮的辫子扎在脑后，煞是好看；得体的黑绒上衣裹着丰满的前胸，衬托出脸蛋格外漂亮；匀称的身材配着一条修长的直筒裤，有飘飘洒洒的感觉；举手投足显得很有气质和修养；谈吐微笑收放有度，乃大户人家淑女的典型风范。

徐萍又起身添茶，江峰回过神来，暗示陶春回避一下。然后作为中间人，询问徐萍是否愿与陶春处朋友。徐萍沉默片刻，用一句"都是熟人"的淡定回答，给予婉转拒绝。

回到家，江峰将帮发小相亲之事告诉了母亲。母亲说，徐萍正是她姨爹来家里给你提过两次亲的人。

说到此处，老涂插话："江部长，正值青春年华的你，是不是心动啦？"

江峰坦言："我当时真没有想法。"

江峰回想起那封拨动他心弦的信。

回单位十几天后，江峰觉得徐萍热情接待又不伤陶春面子，应该写信表示感谢，就礼节性写了简短的几句话寄出。

约十天后，一封字迹娟秀的回信到了江峰手中。江峰细看，言语不多，却很感人："老同学，因忙于授课，招待不周，见谅。知你多次落榜，怀才不遇，切莫消沉。只要有志，不上高校同样大有作为。望你振作，欢迎来玩。"

短短数语，让当时处于人生低谷的江峰，犹如冰冷的寒夜得到一盆通红的炭火，温暖极了。

老涂插话评价："徐老师很会体谅人，信写得有水平。"

江峰承认说："当时有点感动！"

后来回家，江峰开始关注徐萍。江峰是国家粮户口住老街上，徐萍原是农村粮户口住老街后，两家相隔只有二三里远。从邻居和发小们口中得知，徐萍高中毕业回乡，因根正苗红、作风正派、有文化，村上有事常请她帮忙，继而委任为民兵排长。乡村干部人人认识她，皆称她为全乡一枝花。追求者和介绍者络绎不绝。后来，徐萍顶伯父职当了一名公办教师，潜心备课，教学得法，所教学生成绩优秀，成了全乡屈指可数的优秀教师。

江峰了解了情况，当其姨爹第三次提亲时，答应正式见面，六个月后双双步入洞房。

老涂哈哈一笑："难怪！能让你心动的女子不会是普通人，真是才子配佳人呀！这叫做：一封书信传佳音，三次提亲定姻缘！精彩！"

老涂正欲继续问话，江峰起身辞客："要知后事如何，且听下回分解。老涂，睡觉！"

次日出门，天已下起雪来。这个最后要啃的硬骨头，是宜昌金水河发电公司五年前欠下的 63 万元货款，老涂三十多次上门无果，后来对方连电话都不接了。嘉木律师表态，唯有取得连续三年的对账单或承诺函，才能排除有效期障碍，通过诉讼要回此款。

路上老涂说："电站投资者是香港人，年头年尾没有出现过。代理人朱总住在七十公里外的枝城，很少来电站。所有人都拒绝出示对账单和承诺函。这款可能烂账。"

"对账单呀对账单！"江峰在车上不停地念叨着。不知不觉到达发电公司水电站。

进入水电站，看到的是人员进进出出、车子来来往往的繁荣景象。办公大楼气派辉煌，办公室豪华大气。一个搞卫生的女工说，朱总行踪不定，已经三天没来了。

江峰只好转身到财务科。财务主管是杨梅会计，约三十来岁，双目传神，披肩长发，衣着时尚，气质高雅。但嫩白的脸上愁云密布，清秀的眉头紧锁着。

杨会计打开电脑核对了数据，抱歉地说："公司有规定，不得向债权人提供对账单等任何文字依据，否则炒鱿鱼。"

外面的雪越下越大，二人只好在财务科找了张椅子坐下来。找话题与杨会计搭讪。开始杨会计没多理会，当听到江峰说收了一套抵债房子时，话就多了。

闲聊中，江峰捕捉到三个信息：杨会计就住在抵债房旁边的峡江小区；九岁儿子成绩拔尖；她每天骑摩托来往家中。

眼见再等也不是办法，二人只好返回。

江峰心情郁闷，打开电视机，躺在被窝里收看中央电视台的元旦晚会重播，著名京剧表演艺术家于魁智正演唱《智取威虎山》选段："共产党员，时刻听从党召唤，专拣重担挑在肩，一心要砸碎千年的铁锁链，为人民开出那万代幸福泉，明知征途有艰险，越是艰险越向前……"

高亢激昂的声音让江峰精神为之一振。他突然意识到：杨会计每天能见到，对账单也是由杨会计提供，是否能下点功夫，让杨会计暗中帮忙呢？江峰觉得要试试。

下午七点左右，杨会计下班回来进入峡江小区。二人尾随其后，敲开了杨会计家的房门。

因为已经认识了，杨会计坦诚解释："对账单是单位财务之间的正常往来凭据，提供对账单是会计的职责和义务。但为了饭碗，不得不违心做事。明天朱总会来，你们再找找他。"

二人只好次日再去电站等候。十点左右，朱总从一辆红色的豪车上下来，两人将其拦住。朱总还是用收入太少、无力支付的理由搪塞，江峰想多说几句话，朱总说要开会，径自上了二楼会议室。会刚散，朱总毫不理会等候已久的江涂二人，直接下楼上了红色豪车，一眨眼工夫就消失得无影无踪。

怎么办？老涂没了信心。江峰回忆杨会计的满脸愁容和说的那句"不得不违心做事"的话，觉得她是个正直的人。如能了解隐情，对症下药，或许会柳暗花明。俗话说，功夫下得深，铁棒磨成针，应该继续找杨会计。

想到此，江峰感到心明眼亮。望着窗外飘舞的雪花，江峰唱起京剧《智取威虎山》打虎上山选段："穿林海，过雪原，气冲霄汉！抒豪情，寄壮志，面对群山。愿红旗五洲四海齐招展，哪怕是火海刀山也扑上前……"

老涂过来打哈哈："江部长，叫花子穷快活吧？"

江峰回答说："非也！这叫提气！伟大领袖毛主席教导我们说：我们的同志在困难的时候，要看到成绩，要看到光明，要提高我们的勇气。"

老涂被江峰的乐观精神感染："好！听你的，有信心！"

次日傍晚时分，二人上街给杨会计儿子买了一台"小霸王"学习机，再次敲开了杨会计的家门。

客套几句，江峰与杨会计聊起来。

江峰说："杨会计，我理解的会计工作是核算和监督两大职能，会计的职业道德主要是诚实公正。"

杨会计好奇地问："您怎么知道这么清楚？"

江峰告知："我是科班出身、从事了八年会计工作的人。"

见是同行，相互之间拉近了距离。

杨会计的话渐渐多起来。

"您说得很在行，我是武汉财院毕业的研究生，专业是融资运作和管理。我有理想，有抱负。"

江峰："您这么漂亮，又是飞机上吊油壶——高水平，怎么当了与专业无直接关联的普通会计呢，您不觉得这是大炮打蚊子——大材小用吗？"

杨会计叹息："为了照顾家庭和孩子，我谢绝了宜昌以外单位的高薪聘请，进了自认为可以施展抱负的这个单位。"

江峰说："看您的神情，您很委屈呀！"

杨会计诉说："刚开始还可以，后来许多想法与朱总谈不到一起，常常闹分歧，他越来越烦我了。虽然工资不低，但非常压抑。"

江峰说："树挪死，人挪活，您应该挪一挪。"

杨会计："想过换工作环境，但一时半会没有合适的地方去，只好做一天和尚撞一天钟啰！"

江峰惋惜地说："莺花犹怕春光老，岂可教人枉度春啊！"

二人列举了许多例子，激励杨会计要有所作为，杨会计似乎有点触动，对两人有了好感。

杨会计送两人出门时说："假如有一天跳槽，我会成全你们，请把电话留下。"

第二天小美来接两人上小强家吃饭。

席间，小强敬老涂酒："涂叔，我现在是老板宝座司机了。没有您，我哪有今天，感恩您，敬您一杯。"

江峰向小强询问了化工厂和他们老板情况，觉得从企业规模和上班地点来说，很适合杨会计照顾家庭、发挥能力水平。

江峰不想放过任何一次机会，就委托小强："能不能问问你老板，要不要高素质的经营管理人才？"

接着把杨会计的情况告诉了小强。

小强爽快答应："今晚九点，老板要请客人洗脚，我帮你问问。"

也许是感动了上帝，这种渺茫的机会竟被遇上了。真是运去金成铁，时来铁似金。

第二天傍晚，老涂接到小强的电话，化工厂正需要一名懂投资融资的会计。老板叫杨会计明天下午到他办公室面试。

二人大喜过望，迅速打电话。得知情况后的杨会计高兴地说："这正是我梦寐以求的工作。"

第二天，杨会计来电报喜："已通过面试，下周去化工厂报到。离职前我会将连续三年的对账单交到你们手里。"

这时，天空已纷纷扬扬下起鹅毛大雪。

心情分外愉悦，两人冒雪找了一个好一点的餐馆，点了几个好菜，各喝了一小瓶劲酒，有点醉意回到住处。

站在狭窄的房间内，江峰借着酒劲，兴奋哼起电影《洪湖赤卫队》"这一仗打得真漂亮"的选段："刘队长，有胆量，摸到那敌人的后厅堂。白匪兵，真紧张，东瞄瞄，西望望，忽然背后一声响（别动），腰里顶上一个硬邦邦。他喊又不敢喊，睪又不敢睪，乖乖地举起了手里的枪。他回过头来望一望，哎呀，我的妈呀，刚刚他碰上我们的刘队长，哈哈哈哈哈哈哈……"

听到歌声，老涂来到江峰房间。江峰正准备和老涂说话，徐萍又来了电话。

徐萍告知："这几天，老佑老伟妹妹和上栗柳同学来看了我，娘家侄子老腾老辉接我回去吃了两餐饭，我很愉快的。你只要照顾好自己，天冷就买件大衣御寒，否则感冒了就划不来！"

江峰算了算，徐萍来电刚好相隔又是七天。

旁听的老涂羡慕地说："徐老师每周报平安，问寒问暖的，对你体贴到家了。"

江峰说："是呀，她越对我好我越惭愧！"

老涂感到奇怪："何以见得，怎么回事？"

江峰："那我给你说说我心底的愧疚吧！刚结婚时，我与老婆分居两地难见面。我每月只有四天假，所以双方非常珍惜见面机会。有一次书信约好了回家相聚，单位临时通知加班，我回不了家，当时又没有电话可以告知。老婆满怀诉说离情别绪的期待，从十几里外的学校步行回家，途中遇倾盆大雨，淋得像只落汤鸡，快天黑时才疲惫地走到家。一进门看到家里没我，顿时精神支柱轰然倒塌，一屁股跌坐在椅子上，半天没有动弹。当时她已怀有五个月的身孕。"

老涂插话："徐老师对你爱得深沉和执着啊！"

"那是。生下女儿后，她只休了三个月产假，就被文教办催去离家十几里的学校上课。为了工作，把女儿托给学校旁边的一位农妇带，白天利用下课时间喂几次奶，晚上接回学校自己带。我当时被单位选送，正在省财专读书，抽空回去到学校看望她娘俩。晚上，我哄着女儿睡着了，催她睡觉，她说：你先睡吧！我不能荒废了学生的时光，备好课才能开讲。当我一觉醒来时，她还在昏黄的油灯下备课，望着她疲惫憔悴的面容，我心酸难受极了。"

老涂："徐老师太敬业了。蛮有素养，也蛮坚强的！敬佩！"

"她受的委屈是我家五姊妹分配父亲丧事祭品时发生的。按当时的风俗，谁名下亲友来的祭帐就归谁。老婆看到自己的好祭帐被人不打招呼就换了，自尊心受到伤害，心里非常不满，找我倾诉。我明知是谁换了，但为了大家庭的和谐，我没有说话，在一旁的二姐和大弟小弟也不吭声。大姐不指责暗换祭帐的人，竟认为是我老婆小气。老婆感到受了侮辱，就和我吵起来，并哭着跑回了娘家。此次伤痛让她好多年不能释怀，提起就流泪。"

"哎呀，这是蛮伤自尊的！徐老师和你一样，也是蛮重尊严的！"

江峰说："这些陈年小事告诉我，一个男人要有担当，否则跟着你的女人就得遭罪。"

老涂赞许："江部长，你说得精辟、在理！"

次日醒来，窗外已是白茫茫的一片，门前的小树已被大雪压得低下了头，大的树枝和屋檐下垂挂了长长的冰凌。室外地面已有一尺深的雪，加上结冰，往日人来人往的街上已人车绝迹。

"不好！大雪封城了。"江峰惊呼。

封城第一天。

二人冷得直打哆嗦，毫无办法。好心的旅店老板娘，给江涂二人弄来了一个电烤炉，告知有方便面和火腿肠可以充饥。

这时，徐萍打来电话，告知江峰，这几天正在练习电子琴和葫芦丝，准备参加老年大学的汇报表演。江峰看她开心，就没告诉她此地已大雪封城。

异地他乡，天寒地冻，两人围坐在电烤炉旁又开始聊天。话题渐渐又转到了江峰的家庭生活。

江峰说："我们是父母之命媒妁之言的平凡夫妻，没有多少浪漫的事。她好静，我交朋结友爱热闹，性格上的差异常常会拌嘴。但不管拌得多凶，从不会提离婚二字，守住了底线。心情好时双方也从来不会说我爱你之类的话语，但我心里明白，不说的人，往往爱得深沉和执着。

平凡日子平凡人，也没什么故事可说。记忆中有件辞职的事，倒是印象深刻。当时我担任主管供应的副总，所在的嘉年华公司资金奇缺，主要原材料受指标限制，供应比销售更为艰难。我与一把手华总商量，采取像对待客户一样的待遇来对待供应商。凡送货量大又不急于付款的供应商，均安排餐饮招待。于是，我热情对待供应商，多次作陪进餐。别人不能理解，眼红嘴热，私下议论。有个供应商为了阻挠我对其供货数量的核查，给一名记账的部下送了四百元红包。该部下为表清白，将红包交到办公室。于是有人怀疑我得了不少好处，背地里非议起来。"

老涂说："供应是羊肉冒呷得（没吃到），惹了一身骚的事，没有水平的人不能理解你的苦衷。"

"华总倒是知我清白，未予理会，并在会议上公开辟谣支持我。"

"华总真是你的伯乐啊！"

"是的，我很感激他。几年后，华总因扭亏成名转调，临行前带着歉意提醒我：我知你清白、正直、有才，但我与你采取对供应商友好的政策，可能给你个人带来了负面影响，你要有思想准备。当时，我心中无愧，不以为然。后来，新领导殷总找我谈话，不让我作任何申辩，用没有任何凭据的非议指责我。我怒不可遏，将其痛骂得无地自容。殷总竟当场伏在桌上大哭起来！回到家，我对老婆诉说了此事。老婆责怪我：你绞尽脑汁、千方百计、千辛万苦帮企业渡过了难关，没有贪污受贿，对得起单位的培养。不望你升官发财，只求你健康平安。不要再做吃力不讨好的傻事啦，明天去把工作辞了。"

老涂夸赞："知夫莫若妻啊！"

江峰说："辞职后的第二天晚饭，老婆精心烹饪了几个好菜，从不喝酒的她，破例陪我喝起来。老婆说，你虽有理想抱负，但过于正直刚强的性格很不讨人喜欢，要施展才华抱负除非有伯乐。留得五湖明月在，不愁无处下金钩。来，喝！说着说着，两人竟把一瓶酒喝完了。当晚，老婆紧紧地拥抱着我，极尽了女人的温柔，给我失落的心灵以极大的抚慰。一年后单位破产，几百名职工作鸟兽散，几年后，殷总跳河自尽。殷总成为历史的笑谈，老婆成了我心灵的依靠！"

老涂感叹起来："徐老师雪中送炭！有这样的知心老婆一生足矣！"

江峰感言："我认为夫妻之间，如果不能朝夕相处，无须甜言蜜语，也不必时时嘘寒问暖。只要在对方最需要的时候，在心灵上第一个给予安慰，这才是最真实、最深沉、最可靠、最温暖的爱！"

老涂鼓掌叫好，起身泡了杯热茶给江峰："你老婆很暖心，为你骄傲。"

这时候，突然停电了。两人只好各自钻进被窝。

封城第二天。

依然没有来电，在江峰的动员下，两人在旅馆狭窄的通道上小跑起来，接着又到房间床上做俯卧撑。其他房间的旅客也争先仿效。顿时，小旅馆热闹起来。

封城第三天。

在旅客的强烈要求下，旅店老板踏雪出去买来二十几坨藕煤，全体被困旅客围着藕煤灶烤起火来。

老涂当众提议："江部长，你给大家表演一个节目暖和暖和吧！"

江峰犹豫，众人鼓起掌来。

江峰说："那我就给大家讲一个问路的故事吧！"并边说边演。

"以前呀，我们那里有个从没出过远门的肖大爷，第一次到长沙。既不会讲普通话，又不会讲长沙话，会讲的是没人听得懂的土话。他去长沙大前门要问路，怎么办呢？看到路边一个戏台上正演出京剧《四郎探母》，他近前听了几段演员的唱腔，恍然大悟，哦，原来长沙话就是这样讲。于是从戏台旁走出来问路。"

众人聚精会神听着。

"迎面走来一个戴着眼镜的年轻人，肖大爷双手抱拳朝前一拱，用京剧调子唱着问路：请问你同志，到长沙大前门走哪边去（方言音"Ku"）？年轻人吓了一跳：你不是癫子吧？肖大爷用京剧腔调回答：我不是癫子呢，我是问路程！随之一个转圈碎步，口中念念有词：得得得得得得锵，锵锵得，得锵得锵得得锵！然后一个反身亮相。年轻人大惊失色地跑开了。"

故事本没有什么含义，但江峰模仿肖大爷的动作、唱腔和小锣调子，手足并用，惟妙惟肖，非常幽默滑稽，众人瞬间哄堂爆笑。

封城第四大。

雪停了，太阳露出笑脸，电也来了。但江峰感到胸闷，吃药不见缓解，晚上通宵失眠。老涂踏雪出去，花了个把小时，给江峰买来热气腾腾的常德津市牛肉粉。

封城第五天。

冰雪消融。有人开始退房。江峰感到右胸麻木，晚上又通宵失眠。

老涂又踏雪寻访，为江峰买来滚烫滚烫的皮蛋瘦肉粥。

喝完粥，老涂劝江峰就地住院，但江峰认为还撑得住，答应拿到对账单就去武汉住院。

封城第六天。

街上开始通车，其他逗留旅客都已退房。中午时分，杨会计终于送来了连续三年的对账单。杨会计千恩万谢，说改日请客酬谢，留下家中电话，握手告别。

凭据到手了，起诉没了障碍，63万元货款再不用担心烂账了，两人兴高采烈，欢欣鼓舞。

老涂趁机问："杨会计心悦诚服提供对账单，我们用的是什么兵法？"

江峰说："三十六计中的反间计哦！"

老涂醒悟："高！实在是高！"接着又夸："四战四捷，江部长，你真是熟读兵书、足智多谋啊！"

江峰坦言："是你行善做媒所得回报，我不过借此发力而已。所以古人说，人心生一念，天地尽皆知。善恶若无报，乾坤必有私！"

两人屈指一算，来宜昌已有35天，准备上街买点五峰茶叶就回家，出门时江峰突然感到心绞痛厉害，举步相当艰难，自知情况不妙，招呼老涂，火速回武汉。

两个小时的行程中，江峰浑身冒汗，手指麻木，胸口像压着块磐石。只得加倍服下救心丸和硝酸甘油片。

江峰顽强地坚持到达武汉办事处，正要与迎上前来的销售员黄亮握手，发现右手已抬不起来，头如泰山压顶，呼吸变得困难。老涂和黄亮立刻将江峰送往武汉亚洲心脏病医院。

的士行进在前往医院的路上，江峰记起又到每周报平安时间了，感到此次生死难料，用颤抖的左手拨通了家里电话，用微弱的气息向徐萍诀别：“老婆，我可能要先走一步了。对不起，不能每周给你报平安了，黄泉路上等你啊！”

手机那头的徐萍闻讯，撕心裂肺地大喊：“老公，你的命就是我的命，你要为我好好活着啊！”

一进急诊室，经验丰富的医生当即对三人说：“严重心肌梗死，晚来十几分钟就没辙了！快去交钱，马上手术。”

随即，挂着吊瓶的江峰，被推进了手术室。

第二天，江峰睁开眼睛，发现住进了病房。老涂、黄亮和连夜从惠州赶来的小弟卫国站在身边，黄亮用热毛巾为他擦脸。老涂则告诉他，昨天是帅总安排财务及时打来十万块钱，才得以手术。江峰对帅总和众人心生无限感激。

接着财务总管康茜和市场部陈斌等人，带着徐萍，连续驱车400多公里，心急火燎地赶到。

劫后重逢，徐萍一眼看到病床上的江峰，就迫不及待地扑上前去，紧紧抓住江峰的手不放，泪眼婆娑，说不出话来。

江峰望着徐萍脸上的病容，泪如泉涌。

徐萍上前为江峰擦眼泪，自己的泪水却滴在江峰的被单上。

江峰攥紧了徐萍的手，用颤抖的声音说：

“老婆，我舍不得你哟！”

欲望奇葩

二十一世纪初的一个春天。

江峰乘爱人徐萍学校的专车，随学生们一起来韶山参观伟人毛泽东故居。

游览了铜像广场、故居，又参观毛泽东纪念馆。徐萍深有感触，对身边的江峰说："老一辈为了实现救国救民的初心，舍生忘死，可敬可佩，可歌可泣！"

江峰说："现在有些人就舍不得这样干啦。满脑子铜臭，想的是怎么赚钱。有些人为了钱财，什么礼义廉耻、诚信道德都不要了。有些人不择手段，尽干损人利己的事，甚至坑蒙拐骗，以身试法。这样下去，怎么得了！"

徐萍说："需要用典型人物来进行理想和信念的教育，更需要进行传统美德和爱国主义的教育。组织学生们到韶山参观就是正能量教育。"

江峰叹息："这些历史的故事和英雄人物还只是从宣传资料和电影中得到了解，如果有身边的人物参照，学习的效果就更能立竿见影。"

徐萍说："怎么没有？我韦雪表哥就是典型。他是南京司法系统的处级干部，虽然算不上英雄人物，但他不近美色、不爱钱财、助人为乐的人格可是相当的高尚，为亲人的付出可圈可点。对亲友和乡邻有求必应，竭尽全力帮助，对父母家人掏心掏肺、孝顺扶持，好名声在亲戚和乡邻中那可是口口相传！他爷爷是烈士，我看他是红色基因传承人。"

江峰："哦。就是你爷老子（父亲）逝世时来悼念的那位高大帅气的表哥吗？"

徐萍说："正是，你有机会要多多接触他。"

这时，江峰的手机响了，是金溪公司财务部阿莺会计打来的，说有要事向江峰反映，没说什么事就挂了。

江峰当时是金溪公司审计监察部长，知晓财务电话一般是经济上的问题。回家后的第二天上班，江峰就来到财务部。

阿莺把江峰拉到没人的财务档案室，低声对江峰说："我上个月接手采购费用审核，觉得电脑专职采购员莫芳报账单上帅总的签名，似乎与别人报账单上帅总的签名有点细微差异。"

江峰马上联想到前几天与同事一次闲聊。当时提到学写字，一同事说，经常带孩子到隔壁莫芳住的套房内玩耍。有一次小孩跑进了莫芳的卧房，他跟着进去想把孩子抱出来，看到书桌的白纸上，密密麻麻写的全是帅总的名字。

白纸？帅总名字？细微差异？立刻引起了江峰的高度警觉。遂到财务拿来莫芳的报账资料，用放大镜比对帅总、总经理、供应主管的签名，都有细微差异。遂将签名交三人辨认，三人均无法确定真假，但对报账物品都说没有印象。又向各使用部门签收人核实，均说自己签名无假，实物也是真的。

回到办公室，江峰冥思苦想，硬是觉得其中有假，便找当事人莫芳询问情况。

"为什么几位老总对审批的实物不知情？"

莫芳回答："签批费用的人太多了，领导怎会记得那么多。"

江峰又问："为什么帅总签名的笔迹，少了一捺呢？"

莫芳说："我怎么知道。"

江峰旁敲侧击："有人说，这个签名有点像仿的哦！"

莫芳的右手往桌上一拍，怒目圆睁："江峰，别瞎猜好不？我可是硬实之人。"

江峰反复翻阅莫芳的报账资料，发现自己家里近期买过的一个电脑配件单价，与莫芳报账单上同名同型号的配件单价竟相差十倍。凭着多年管理经验，他立刻敏感地意识到，这是一起史无前例的模仿造假贪污案。

于是，江峰带领几名财会人员，到部室、车间进行办公电脑的盘底清查，首先查手提电脑。

账上显示，近期购买的手提电脑有四台，莫芳带江峰去使用部门验证。使用人皆证明在用四台是莫芳近期所购。江峰毫无办法，只得返回办公室。

在食堂吃中饭时，一名员工悄悄告诉江峰，使用人小魏最近自费购买了一台私人电脑。

江峰闻讯大喜！即传讯作假证之人小魏："刚才你使用的那台电脑到底是谁的？如果你说是公司的，即行收缴归公；如果有人证明那台手提电脑是你私人物品，那你就是贪污同案犯，至少犯包庇罪。你考虑清楚说实话。"

小魏一听，有点慌乱，支支吾吾，已没了验证时的那种淡定。

江峰大声责问："小魏，你还是共产党员，竟与人同流合污作假证，如你不说实话，破案以后，开除党籍，移送司法机关处置。"

小魏顿时大惊失色，不得不承认，他使用的那台电脑，确实是他的私人物品，被莫芳借来过关充数。因与莫芳关系过从甚密，不懂法，故给莫芳打了掩护。

至此，莫芳的狐狸尾巴终于露了出来。

接着，江峰又到长沙电脑城核实单价，发现莫芳所购配件的单价虚增十倍以上。

贪污证据确凿，传讯发票上收货签证人。签证人均说电脑台账当时也是莫芳管，看到发票上老总们都已签字，觉得没有问题，未核对实物，就跟着签了字。

最后审讯当事人莫芳。在铁证面前，莫芳对先仿签、后实签的虚构实物、虚增买价等事实供认不讳，并承认模仿签字花了一年多时间练习。造假搞钱是为了回山东老家结婚筹办嫁妆，准备婚后跳槽不来了。

此案成功告破，公司上下引发"地震"。莫芳父母从山东赶来，向帅总声泪俱下求情。帅总念及同事情分，法外开恩，未予追究莫芳法律责任，对查实认账的贪污数，以退赔加罚款共15万加辞退的方式进行了处理。随后召开专题追责会，对虚假签证和不核价的12人进行了罚款问责。

"仿签案"过去二十多天，江峰正在财务核对几笔回款数据。本部门的章雅匆匆来到财务部，附耳告诉江峰："那个向办公室打过几次电话的女人，带着小孩找上门来了，要见帅总，办公室要你处置一下。"

江峰不敢迟疑，迅速回到自己的办公室。

一名三十多岁女子，携带五岁左右的小女孩正站在办公桌旁。女子身高一米七左右，长发披肩，眉清目秀，脸像剥了壳的鸡蛋，细嫩白皙，体态丰盈，微微翘起的臀部，显得格外性感。

江峰赶忙问："请问你有什么事？"

女子颤声说："我叫胡莱，今年三十三岁，是重庆某商场的导购员。我今天是来寻求帮助的。"

江峰回答："只要帮得到，我们会帮！"

江峰担心影响不好，掩上门，搬了把椅子叫胡莱坐下，又泡了两杯热茶递过去。

江峰说："你别激动，慢慢讲。"

原来七年前，金溪公司驻重庆销售员苟安，常去她所在的商场买东西，一来二去与胡莱就熟了。苟安高大帅气，一表人才，出手非常大方，总是送东西给她，经常请她上高档酒店吃饭，带她出差。二十六岁未婚的胡莱动了芳心，随后坠入爱河，不顾苟安有了家室，也不顾苟安大十几岁，糊里糊涂就和他同居了。中途胡莱发现苟安又染指其他女人，感觉苟安不靠谱，就自行另找了个男友，发展到谈婚论嫁了。苟安知道后，带胡莱爬上歌乐山，以跳崖表爱。胡莱只得死心塌地相守，日夜与之寻欢作乐，一年后生下了这女孩。苟安支付了小孩三年的生活费用，去年中断了供养。胡莱找他多次要钱无果，迫不得已来金溪公司求助。

江峰听完讲述，进行询问："谁能证明这件事呢？"

胡莱说："我可以与他对质。再说孩子也认识他。"

江峰："怎么证明这孩子是他的呢？"

胡莱说："孩子可以滴血认亲。"

江峰认为这是员工私生活，不属工作管理范畴，就对胡莱说："你说的事很令人同情，但你明知他有家室，还要将青春托付于他，这是你自己不负责任所作的孽，苦了这从小就没爹的孩子。企业是生产单位，不好干预员工私生活。我们会找苟安进行了解，如果确有其事，会劝他担责。你留下电话，先回去。等帅总回了，我会向他汇报的。"

见小孩可怜，江峰到接待室拿来水果，又从身上掏出两百块钱，塞进小孩口袋。好言安抚规劝了一番，好说歹说，总算把母女俩送出了公司大门。

帅总闻讯火冒三丈，拿起电话就打，询问苟安此事真假。苟安不予承认，帅总只好说："孩子要滴血认亲，认祖归宗，如果确有其事，你要敢做就敢当，如果没有此事，你自己去摆平，不要再闹到公司来。"

后来胡莱没有再来，此事也就烟消云散。但"认祖归宗"这一真假难辨的绯闻悄悄在公司传开。

"认祖归宗"过去两个多月，帅总找江峰聊工作。帅总忧心忡忡地说："听人说销售员罗泉，在家抽高档烟，出手阔绰，经常打输赢上万的麻将，还开牌九，近期还准备买小车。他这几年业务提成收入不多呀，家里负担那么重，哪来这么多钱开支呢？你帮我了解一下他的经济来源。"

江峰回想前几年发生过的销售员挪用货款案，决定首先了解罗泉应收账款情况。

财务部子鹃反馈，罗泉在南京的销售业务，有两个电信局共35万元的应收账款未回，已逾期三年。罗泉拿走对账函一直没有回音，总是说这个领导出国了，那个经办人出长差了，暂时对不了账，也回不了款。

询问市场部，也与财务同样的说法。

江峰考虑当时货款能够通过现金结算，很是担忧，向帅总汇报。帅总指示江峰迅速去用户那里对账和催款。

江峰带齐资料，拿上行李，登上了前往南京的卧铺火车。

火车在"嚓嚓嚓"的节奏中飞驰，江峰想起了当年嘉年华纸业公司的一起"荒唐报案"。

当年，江峰所在单位，接到销售员古天报案。古天声称在收账回来的班车上，抽了一根陌生人的香烟，就迷迷糊糊睡着了，醒来后发现，装有十万元现金的牛皮提包不见了。

单位领导根据古天报案后几天不回，而且当时不向当地派出所报案等情节，联想他平日为人的虚假，觉得非常蹊跷，责成保卫科破案。

古天老婆和孩子当时就住在公司职工宿舍，家中装有电话。保卫科分析推断，古天必与家人联系，于是装上电话监听装置。

两天后，从监听电话中得知古天已回到淮洲，居住在农村的堂妹家中。几名保卫人员立刻上门将古天带回作问话笔录。

古天说得滴水不漏，信誓旦旦地肯定，收到的货款十万元现金就装在平日出差的牛皮提包里，和提包一起失踪了。说完，在笔录上签了字。

保卫人员未曾放弃，再次前往其姨妹家中，寻找证据。费了一番周折，终于从其堂妹家二楼堆积废品的蛇皮袋中，找到了古天装钱的牛皮提包。

在事实面前，古天无法自圆其说，遂予招供，十万块钱就埋藏在堂妹厕所旁边的泥土底下。

……

售货员的叫卖声打断了江峰的回忆。他买了兰花豆和冰红茶，准备食用，看到卧铺下面露出的淮洲特产，想起老婆的嘱咐："老公，那年我老爷子到雪哥那里走访，住了一个多月也不肯回来。雪哥每日好酒好菜招待，陪着游遍了南京的风景名胜。老爷子开心得不得了，回来说了好几年。你此去南京，一定要去看望雪哥哈。"

车到南京，江峰提着土特产，打车在南京繁华路段的一家宾馆住下来，然后给雪哥打电话。

在约定的时间，雪哥打来电话，江峰下楼来到宾馆大厅。一位一米八左右个子、挺拔伟岸的人站在大厅，远远的朝着江峰伸过手来。看到熟悉的笑容，江峰大喊一声"雪哥！"迎上前去，握住了一双温暖有力的大手。

江峰坐上了雪哥的红旗牌轿车，朝雪哥家中奔去。

路上，江峰一边说话，一边侧身打量开车的雪哥：略带皱纹的额头书写着沧桑；清秀的双眉显露出仁慈；灵动明亮的眼神，透露出睿智；宽厚的嘴唇体现出沉稳。江峰觉得雪哥虽年近六旬，依然是帅哥一枚。

很快就到达雪哥哥的家。刚进家门，雪哥就交代江峰："他们都不在家里住，我一个人守着几间空房。下次来南京你不必住宾馆了，就住我家。"

桌上早摆好各种水果和点心，还有一条"芙蓉王"名烟，电视机柜上摆着江峰、徐萍、女儿的合影镜相。江峰感到了雪哥的热情体贴，细致入微。

雪哥把江峰领到厨房，打开冰箱，指着挤得满满的各种食品说："接到徐萍的电话，我就进行了准备。"

对雪哥的如此热情，江峰非常感动，再三致谢。雪哥一笑："亲戚是一家人，不要说两家话，都是应该做的。"

伴着一壶西湖龙井茶，两人聊起了家常。

雪哥介绍：他当年高中未毕业就被部队招为飞行员，因眼睛一点小毛病转为空降兵。转业地方后，任过副县长等多种职务，后来调到司法系统工作，现在是正处级书记。家有一儿一女，都已结婚。儿子成家在外，女儿就住南京，嫂子在医院退休了，现在帮女儿带小孩。

江峰一边聊着，一边打量着这个家。客厅不算豪华，但精致规整，很有文化特色。正面是名人书法文化墙，两边是名家字画，其中"竹宜著雨松宜雪，花可参禅酒可仙"的字画特别显眼。侧面的酒柜中，陈列着几十个有文化特色的名酒瓶。旁边书柜里，则摆放着各种古今中外的名著和时尚书刊。主人的高雅情趣，在这个客厅彰显无遗，江峰忍不住赞叹一声："有品位，有特色！"

在摆放着雪哥父母镜相的柜子上方，江峰看到了一块"光荣烈属"的牌匾。

"雪哥，英烈是你爷爷吗？"

"对！是爷爷光凯！"

土地革命时期的淮洲，到处血雨腥风。但在一片白色恐怖中，革命的星星之火，也从未被真正扑灭过。1931 年 9 月，在毛泽东领导的秋收起义队伍直奔井冈山后，红 16 军在湖南攸县境内阻击国民党军。战斗非常惨烈，红军部队在敌强我弱的形势下，死守阵地，一直打到弹尽粮绝，终因寡不敌众，包括爷爷光凯在内的 71 位红军战士都在一个叫柏树下的地方，壮烈牺牲，以身殉国。爷爷牺牲时，年仅 35 岁。

　　江峰无比感动："我们今天的幸福生活，都是爷爷那一代先烈们用鲜血和生命换来的，后人应该感恩啊！"

　　雪哥接着说："新中国成立后，我凭着爷爷的《烈士证书》免费上学，直到高中毕业。随后就继承了爷爷的遗志，投笔从戎，成为了一名光荣的空军战士。"

　　听完讲述，江峰由衷地赞叹："雪哥，您可是正宗的红色基因传承人啊！"

　　雪哥说："我父亲一直没有找到爷爷的坟墓，去年清明我回家时，到淮洲烈士陵园祭拜先烈，从镌刻在巨型花岗岩石碑上的20万名烈士中，找到了爷爷光凯的名字。"

　　江峰感叹："魂归故里，落叶归根啊！烈士爷爷应该安息了！"

　　刚说完，雪哥看表，立马招呼："到点了，今晚为你接风洗尘，现在去金陵饭店。"

　　到达饭店包房，已经坐满了客人。雪哥一一介绍，除了表嫂和他女儿外，都是南京司法系统局长、书记之类的处级干部。

　　席间，江峰悄悄告知此次出差要办的事项，雪哥立马说："明天我请假，开车陪你跑一趟。你现在的任务是喝酒。"

　　江峰一边喝酒一边留心观察。从众人的话语、眼神中，发现大家对雪哥是相当尊敬的。这可能是雪哥的性情、品德、文化素养结下的人缘吧！雪哥的豪爽大气与学养修为，确实很有个人魅力。

　　江峰觉得自己跟着雪哥很有面子，酒喝得也就兴高采烈。直到上厕所，感到头重脚轻，江峰才意识到不能再喝了。雪哥立刻代喝了江峰杯中的酒，把江峰送回了入住的宾馆。

　　第二天早餐时分，雪哥的电话来了，说他已在楼下等候，要江峰洗漱完毕就下楼，一起品味南京的著名小吃"鸭血粉丝汤。"

　　两人进入一个优雅别致的店。举目四顾，座无虚席，只好拿号排队等候。

　　等得很无聊，雪哥便说起了鸭血粉丝汤的由来："鸭血粉丝汤是南京传统的金陵小吃，久负盛名。由鸭血、鸭肠、鸭肝等加入鸭汤和粉丝制成。传说在清朝时期，南京有人在杀鸭子的时候，用小碗盛起了一碗鸭血，舍不得倒掉，不料一不小心，将粉丝掉进去弄脏了。无奈他只好把粉丝和鸭血一起煮。结果却发现，这一碗鸭血粉丝汤味道极好，芳香四溢，引来无数路人竞相猜测这美味的汤是如何烹饪的。某酒楼老板听闻此事，高薪聘请此人为厨子，将此鸭血粉丝当作招牌菜，这份佳肴名吃就此流传下来。"

江峰佩服雪哥知识渊博，正准备夸赞几句，店家叫他俩的号了，两人起身进去找到座位。只几分钟，热气腾腾的鸭血粉丝汤就端上桌了。

江峰迫不及待吃起来，果然口味平和，鲜香爽滑，妙不可言。

用完早餐，江峰坐上雪哥的车上路了。

江峰问雪哥："您当空降兵，应该很刺激吧？有什么特别记忆吗？"

雪哥感慨地说："虽然我没像你一样上过战场，但实战训练同样惊心。"

江峰说："我当的是步兵，空降兵训练是啥样子，一点都不知道。"

雪哥很爽快，一边开车，一边讲起他的空降历险：

1966 年夏，我们部队去河南开封某地进行实战跳伞。

8 月 21 日早餐后，我所在的指挥连挑选的 38 名指战员，全副武装乘车直驱战地。浑身被汗水湿透的我们，来不及休息，就抓紧时间叠伞打包，整理行装。时针刚刚指向 11:00，刺耳而又熟悉的警报声响起，我们紧急集合，列队奔跑到 ×× 机场。余应龙连长简单动员后，我们齐声高呼："地面苦练，空中精跳。保证完成任务！"接着，依次登机，挂好伞，整齐地依次坐好，再次检查主伞和备份伞以及枪械设备。余连长一脸严肃地走到我面前，指着我还在出血的额头："你这是怎么搞的？"我站起来回答："报告连长，是打被包时不小心碰的"。连长听后苦笑着说："你这个秀才，还没上战场就挂彩啦！"机上的战友们听后都"扑哧"一声笑了。

飞机起飞了，直上蓝天。我们既兴奋又非常紧张，胸口就像揣着一只兔子，怦怦直跳。大约一个小时左右，机舱上方的红灯开始闪烁，告诉我们要准备跳伞了。"气流××、风速××、高度2350米，适宜伞降！"刘排长洪亮的声音，让我们心中有了底，充满信心。一会，机舱门打开，一股气流直冲机舱，让我们直打寒颤。"1号跳！2号跳！……13号跳！"我应声起立，站到机舱门口，一闭眼便跳下飞机。狂风在耳边呼啸，脸颊一阵阵的刺痛……1、2、3、4、5……突然像有人在我背上用力拉了一把似的，主伞开了，晃晃悠悠地飘荡在蔚蓝的天空，好惬意呀！我看着身下的战友，就像是一朵朵盛开的白莲花，在无垠的空中绽放……

突然，一股强烈的气流猛烈地冲击着我们的伞队，伞队顿时四散飞开。我努力抓紧伞绳，拼尽全力调整飞行方向。但还是无济于事，强气流把我们38朵伞花，吹得七零八落，向着远离着陆点的远方飘去……

身边的战友覃福杰试图靠近我，但还是被无情的气流带走了。等我晕晕乎乎感觉伞在下降时，降落伞被大风吹挂在一棵大树上，动弹不得。清醒过来一看，我的身下是一个直径约3米的大粪坑！怎么办啊？上不去，下不了，就这样被吊在空中。再望望四周，一个人影儿都没有。于是我扯着嗓子大喊："有人吗？有人吗？"除了风声刮过，没人回答！此刻，我真的有点害怕。老天呀，你这是开的什么玩笑？把我刮到什么鬼地方来了！冷静下来后，我开始想办法，怎么下去呢？直接割断伞绳吧，掉进大粪坑可能被粪水淹死，化成一条蛆虫。抓住伞绳往上爬吧，屡试不成。唉，难道就吊挂在这里，等待待救？不可能啊！我得趁现在体力尚存，设法下地去。

一阵大风刮过来，我来回晃荡着。于是，我借助风力，自己开始摆动身体，当摆动到离开粪坑的那一刻，果断地用随身携带的伞刀割断了伞绳，掉到了粪坑边缘，随即转身一滚，滚到了大树底下。

一个多小时后，天空传来了飞机的轰鸣声，我迅速爬起来，抬头望着天空，是一架直升机！一架寻找我们的救援机来了。希望在前，我赶紧用伞刀割下一大块伞布，绑在一根树枝上，高高的举过头顶挥舞，向直升机示意。直升机终于发现了我，向我飞过来，下降、下降、再下降，它放下了软梯，我登梯爬了上去。机舱外，夕阳西下的景色，很美！但我已没有心情去欣赏和享受。

后来得到通报：此次跳伞因着陆地上空气流突变，将我们刮到了距离着陆点约 160 公里外的偃师县境内。救援机当日救回 21 人，有 17 人掉入偃师水库。回想起来，险象环生，真的后怕。

江峰没有插话，听完了脱险的全过程，良久无语，然后才感慨地说："雪哥，军人的命都是别在自己的裤腰带上的，稍有不慎就会被'光荣'掉。不用说您爷爷的战争年代，就是和平环境下，抗震救灾，抗洪抢险，军人都是冲在最前头的。即使日常训练，也是危机四伏，充满了风险。所以社会应该崇尚军人，大家应该尊崇这门职业。"

车子很快就到达金山电信局，上楼找到财务科。财务科会计很快就回复，应付贵单位货款的账面余额两年前就清零了。江峰大惊，立刻要其出示付款依据。会计到会计档案室调出会计凭证，发现 19 万元货款汇给了一个陌生人的账户。江峰深感意外，默默地站在那里思考对策。雪哥提示："付款应该有申请单。"江峰恍然大悟，立刻要会计翻出付款原始凭证。果然，付款单后有手工填写的申请表以及销售员罗泉的签名。江峰当即复印了全部凭据。

接下来又前往另一个单位——江陵电信局，情况与第一个单位完全一样，货款 16 万元也被罗泉挪走。收款人与金山电信局汇款的是同一个陌生人。江峰只得如法炮制，提取证据。

返回的路上，江峰心情很郁闷。他实在搞不懂，为什么有人总是要重蹈覆辙，以身试法呢？

雪哥安慰："人心叵测，大千世界无奇不有。为了钱财，人性扭曲，心灵变态，灵魂脱窍，好似在钢丝上跳芭蕾。"

回到南京，雪哥说已作好了宴会安排，但江峰执意要在家吃冰箱里堆积的食品。雪哥没有强求，系上围裙，进厨房忙碌起来。

江峰从金溪公司出发前，知道罗泉现在南京，觉得有必要先和他一谈，让其主动回公司向帅总交代。就拿起电话联系。罗泉他果然还在南京，答应晚上到江峰所住宾馆见面。

此时雪哥端来两大碗热气腾腾的水饺，并端上酱汁牛肉、花生米、黄瓜等几个凉拌菜，两人各倒上一杯小酒，欢快地吃起来。因有公务，江峰饭后回到宾馆。

晚上八点左右，罗泉来到宾馆，敲门进入江峰房间。江峰先与之客套一番，然后进入正题。

江峰问："罗经理，咱们都是金溪的员工，就不绕弯子了。请问两个电信局的货款为什么至今未回？"

罗泉不以为然地搪塞："我去过好多次了，不是这个不在就是那个不在。"

江峰以诚相告："罗经理，不要再扯淡了，告诉你，我已经去过电信局了。"

罗泉装傻："你去过了？货款收到了吗？"

江峰说："钱被别人两年前就拿走了。"

罗泉故作惊讶："谁呀？"

江峰道出那个收款陌生人名字。

罗泉装糊涂："这个人我也不认识。"

江峰问："如果这个人与你相关呢？你愿意承担什么责任？"

此话一出，罗泉有些慌神，依然抵赖："与我有什么关系？"

江峰拿出付款申请复印件，往电脑桌上一放："不要再玩躲猫猫的游戏了，你自己说吧，35万元拿到哪里去了？"

罗泉见证据确凿，无法编理由了，只好说："我都用到市场上了。"

江峰问"那你不会到公司报账吗？"

罗泉说："公司有规定报不了。"

"你不是有业务提成吗？"

"别说提成，老板赚得多，我们所得只是鸡毛蒜皮，非常不公平！"

"不公平就可以不经公司同意自己拿货款用？"

"我也是没办法，借的钱用了不够才拿的。"

"你知不知道，这种行为是犯法啊！"

"谁叫老板不公平。"

"你要知道，提成打包比例都是测算出来的，并不是老板信口开河。"

"可提成比例太小了，赚不到多少钱，没法做业务。"

"不见得吧，人家为什么一年能做几百万？几千万？为什么公司有赚了几百万、上千万的多名大佬？"

谈话到此，江峰觉得有必要对罗泉讲一讲制订提成点的理由，就像老师授课一样说开了："公司有材料费用、生产费用、管理费用、销售费用和税收利息的财务费用等。就拿销售费用来说，包括市场开发、差旅、应酬接待，市场人员和售后人员的工资差旅通讯费，还有仓储运输、货物保险，货款和借款的坏账风险等等。"

江峰接着讲述办企业赚钱就是硬道理的观点：

"除支付上述费用外，企业还要承担员工五险一金、免费食宿、技术研发、质量认证等等费用，公司不赚钱，怎么维持运转？怎么有能力扩大？公司要是亏损，大家迟早得散伙，到时你也得走人。你已经不年轻了、没体力、没文化、没技术，到时谁会要你？又如何吃香喝辣？"

罗泉语塞，无言以对。

晓之以理之后，江峰又动之以情：

"你看看老板过得啥日子？几年前还是一套黄军装一双旧跑鞋，每天吃的是家常便饭，住的是与你一样的平房，但做公益却舍得投入，很多人都受了益。而你一个没文化、没体力、没技术、没背景的人混了这么多年，家里有房有车，至少是小康水平吧。你出门坐的士，穿名牌，抽好烟，打麻将。没有公司这个平台，你凭什么能过上这样洒脱的日子，你问问自己的良心，你对得起老板吗？你为什么还要做违法亏心之事？"

罗泉无言以对。

江峰接着说："俗话说，'明人不做暗事'，'君子坦荡荡，小人常戚戚。'你为什么不做君子而偏要做小人呢？确实，谁不爱钱啊？但'君子爱财、取之有道'。中华民族传统美德是仁义礼智信，讲究礼义廉耻。你这种行为不仁、不义、不礼、不信，应当受到道德法庭的审判。"

江峰话锋一转："公司销售政策是对整体而言，也是周瑜打黄盖两厢情愿的事，你不愿接受，可以辞职跳槽呀！"

江峰的话句句在理，掷地有声，直击罗泉的内心。罗泉面露羞色，坐不住了，起身在房间内来回走动。

最后，江峰抓其要害，直捣黄龙：

"第一，你这种行为的性质，在法律上可定为侵占企业财产罪，35万元可是要坐好几年牢的！第二，纸包不住火，雪埋不住死尸。我此次不来查，今后也会有人来查，躲得了一时，躲不过一世。第三，你不要怨恨查案者，各有各的职责，对事不对人。我是受命而行，职责所在。怎么处理是老板的事。第四，你不要存有侥幸心理，公司这么大，肯定会要公开处理你。如果人人都像你一样，公司一夜之间就会破产倒闭。第五，请为自己留点做长辈的面子。"

江峰最后作结："说这么多，总结起来三句话：投案自首，争取宽大处理，免受牢狱之灾。"

联想到"认祖归宗"的绯闻，江峰旁敲侧击进行教育："人有七情六欲不假，但情和欲如果没有控制，就会像洪水猛兽那样一发不可收拾。到头来害人害己，还要留下千古骂名，何苦呢？"

罗泉哑口无言，神情呆滞，用沙哑的声音说："江部长，你说得在理，容我再想想。"

江峰看表，已是晚上十点多了，就将罗泉送出门去。

江峰感到身心疲惫，和衣倒在床上，一会儿就睡着了。

一阵敲门声把江峰从梦中惊醒，江峰看表已是十二点多，急忙起身开门。

门刚打开，一股浓烈的香水气味直冲鼻腔，借着门外走廊午夜耀眼的灯光，江峰定神一看，门外站着一位约二十来岁姑娘。身高一米七左右，齐眉短发，细眉亮眼，还扎着眉夹，脸如鹅蛋，樱桃小嘴，嘴唇抹着口红，体态丰盈，臀部跷得老高，胸前鼓得像座小山。穿着时尚，袒露前胸，细皮嫩肉，显得十分性感和青春，活脱脱一名俏丽娇娃。

江峰连忙问："小姐，你找谁？"

姑娘："您是江部长吗？"

江峰："是呀，有什么事？"

姑娘看了看门上的房间号码，昂着头，迈着猫步，走进房间。

江峰非常诧异："小姐，你有什么事嘛？"

姑娘用手指抿嘴："嘘！大哥，现在不叫小姐了，与时俱进，改称靓妹啦！"

靓妹转身关上门，一屁股坐在江峰的床上，娇滴滴地说："有人买单了，要我来陪您，好好享受人生吧！"

江峰莫名其妙："靓妹，你走错房间了吧？"

靓妹："哪能啊！称呼和房号都对上了。干我们这一行，不会张冠李戴的，否则没人买单。"

江峰："靓妹，我不需要什么服务啊！"

靓妹嘻嘻一笑："嗬，看不起我咯？我可是学校女生中的佼佼者。追我的男生都排成长队，还常常吃醋打架，可惜都是些穷鬼。为了攒点学费，没办法，只好出来打份零工，委屈自己啰。否则你怎么会有机会享受本姑娘的服务呢？"

江峰说："靓妹，我真不需要！"

靓妹红唇轻启："你放心，本姑娘是经过了专门培训的，功夫到位哦，会让您神魂颠倒，死去活来的。嘿嘿！"

江峰想知道是谁买单的，忍不住问："是谁叫你来的？"

靓妹朝江峰抛来媚眼："您别管！来，人生苦短，及时行乐吧！"

江峰大声说："对不起，我不需要，你上别处去吧！"说完打开房门！

靓妹嘻嘻一笑："还有不吃荤的，又不要您掏钱！"

江峰警告："你不走，我可要喊保安了。"

靓妹嫩手一挥："您喊吧，即使喊破喉咙也不会有人管。没有我们，这种低档宾馆哪来生意？来吧，抓紧时间，等会我还要去别处。"一边说着，一边脱衣。

江峰举起房间的椅子："靓妹，你自重点。否则我就不客气了。"

靓妹转为求助："我上有年老多病的父母，下有几个月的早产儿，自己还要读书，没办法，你可怜我吧，否则我今晚就赚不到这一千块钱了。"

江峰问："你儿子没有父亲吗？"

靓妹说："我怎知道谁是他的父亲？"

江峰无可奈何："你就说给我服务了不就行吗？"

靓妹一本正经："那万万使不得，干我们这行诚信为本，拿人钱财替人消灾嘛！"

江峰："我看你年纪轻轻，有文化有知识，干什么不好，非得干这一行？"

靓妹："打工累啊，钱也太少，这行来钱容易。再说我们这行是无烟工厂，对别人没有伤害。"

江峰发火了："你还不知羞，你们给社会和人的道德、心灵带来了多大的精神污染？"

靓妹丝毫不为所动："别说得那么难听，不都是变着法子赚钱吗？管它干净不干净！"

江峰只得使出绝招："我有严重的心脏病，承受不了你的服务，请尽快离开！"

靓妹娇嗔地说："我不信，不许骗我。"

江峰从挎包里拿出一大包药丢过去："你看看，这是我吃的药，要是出了什么意外，你可要吃不了兜着走啊！"

靓妹大惊失色，立马起身："那好那好，我又白赚了一把，哥哥要帮本姑娘保密啊！"

说完，靓妹起身，哼着越剧小调，扭着腰肢，迈着猫步，扬长而去。

靓妹走后，江峰分析，只有公司的人才叫他为江部长，也只有一人知道他入住的房间号码，这个买单送货人应该就是他。回想"色诱"的全过程，江峰觉得十分搞笑。

第二天上午八点多，江峰给罗泉打电话，苦口婆心进行了半个多小时规劝，最后说："罗经理，摆在你面前三条路：一是跟我回去，争取帅总宽大处理，此为上策；二是让经侦队来用手铐接你回去，此为中策；三是你逃之夭夭，此为下策。但我告诉你，法网恢恢疏而不漏，你就是亡命天涯，也会把你追回来！你是聪明人，何去何从，你自己决断。我可以等你两天。"

次日中午，江峰的手机响了。罗泉答应随江峰回公司投案自首。

两人连夜启程，第二天下午回到公司。走进帅总办公室，罗泉朝着帅总"扑通"一声跪下。声泪俱下忏悔自己犯下的罪行，唉声叹气诉说种种艰难，信誓旦旦保证不再重犯。

帅总非常愤怒，不肯饶恕。

一小时后，罗泉老婆带着家人赶来，一齐跪在帅总面前，哀求帅总高抬贵手，给罗泉重新做人机会。

帅总念及罗泉曾经的贡献、几十年的感情、主动请罪等情节，大发慈悲："罗泉，我可以免你牢狱之灾，但不能再留你，你主动退还挪用款，接受处罚，转寻别处谋生去吧！"

后来罗泉用股金转账、变卖多余的房子、拍卖古董字画等方式归还了挪用款，支付了罚款。悻悻离开了公司。

挪款案过去两个月左右，有人向江峰透露，南京金陵运输配件公司代理商，已欠下两百多万货款，市场部违反代理商需现款现货规定，一年多了，还在向其发货。

当过四年市场部长的江峰深知，公司为开发某地区和行业的市场，聘请代理商以特低售价供货，让其代销。双方都是以先款后货的方式结算，即使信誉好或销售员担保，也是货到付款的。欠下两百多万居然还在发货，确实不同寻常。

江峰立刻向帅总汇报，帅总当即打电话严令开单人停止向该代理商开单发货。然而三天后仍在开单发货。帅总询问原因，开单人推说是领导安排，不敢违抗。帅总震怒，以董事长名义将开单人骂个狗血淋头，继而全权委派江峰前往南京对账催款。江峰不敢怠慢，连夜启程。

江峰第二次来到南京，下车后在出站口就看到了前来迎接的雪哥。

红旗牌小轿车把江峰接到了雪哥家。雪哥此次非要江峰住他家不可，并将一片房门钥匙交给江峰。晚餐嫂子和他女儿又来陪饭，自是又外出海吃了一餐。

江峰打着饱嗝，回到雪哥雅居，两人一边喝茶一边聊天。江峰觉得嫂子与雪哥的身高差异很大，忍不住问："雪哥，嫂子只有一米五左右，而您起码一米八，您怎么成婚的？自由恋爱吗？还是父母之命？媒妁之言？"

雪哥苦笑着说："非也，是领导安排的纸上谈婚，也是命中注定。"

江峰满脑子糨糊："还有这样的事，闻所未闻呀！"

雪哥："那我就说给你听听吧。"

人世间的事，总是身不由己，婚姻也不例外。

1968年11月，因感染肝炎病毒，我住进了457医院。每天挂吊针，打小针。一小个子女护士几乎每天都来为我打针护理。时间长了，便认识了这个20岁的女护士。吃饭的时候，她总会在我的餐盘里加一点水果。同室病友感到不解："怎么我们没水果？"女护士信口答道："空降兵嘛，享受飞行员待遇啊。"其实，是她特意从住院的飞行员那里拿来给我的。这让我心里多少有点感动。

我住医院的消息传回老家，母亲千里迢迢来看我。见到母亲消瘦的面容，内心情不自禁地涌上阵阵酸楚……

这女护士见我母亲来了，总是热情地如女儿般待她老人家。母亲问："她是你对象吗？"我摇了摇头。母亲说："太矮了，不好。"我告诉母亲，她只是医院的护士，是给我打针护理的。母亲再也没说什么了。

1969年春节过后，我病愈出院，回部队上班了。

于是，她开始给我写信，谈工作，谈学习，谈见闻，从未涉及婚恋之事。

1972年的一天，我们部队的一位首长找我谈话，关心我的个人婚姻问题，并直接介绍了这个护士。我告诉首长，现在工作要紧，不想结婚。首长说："你是军人，必须服从命令。"我回答："坚决服从命令！"

后来，我调到空后政治部工作，然后转到南京航运管理局政治部上班。突然，军代表刘部长告诉我，你的女朋友来了，是来与你结婚的。我莫名其妙，连忙解释。刘部长说人家带来了457医院的结婚介绍信，你准备一下，过两天就去地方办结婚手续！我真的不知如何是好，拿不定主意。当她一身军装出现在我面前的时候，真的感觉束手无策！

在双方领导软硬兼施的劝导下，只好硬着头皮去了结婚登记处。

三天后她走了，一直到1974年的3月份才再次现身。稀里糊涂的便成了夫妻，一年后就有了儿子的问世。没有恋爱，没有真正的了解，没有父母亲的同意，我们就在首长的指示下，组成了一个家庭。母亲知道后，不高兴的心情，可想而知！

婚姻，本应是双方的自由恋爱，彼此的真诚信任，心悦诚服的结合。但一切都以部队领导的意志为转移，以服从命令为天职。我回想起来，感觉这就是一种变相的包办婚姻！

没有感情的婚姻，真的是不道德的。婚后的两个孩子，成了维系我们婚姻的纽带！

不忍中途打断雪哥的讲述，静静地听完"纸上谈婚"的故事。江峰觉得这是那个历史年代的产物，现在看来就是一个笑话。但仍然忍不住问雪哥："您职位那么高，学富五车，才高八斗，人又高大帅气，真正的高富帅，肯定有不少比嫂子条件好的追求者吧？您就没有见异思迁过吗？"

雪哥苦笑着说："后来两个孩子成了纽带，再说你嫂子是蛮爱我的，我不忍心伤害她和孩子，只好自己委屈一点咯！"

江峰觉得雪哥宁愿自己作牺牲，也要成全他人幸福，这种品质与人格正是当年红军爷爷们的精神遗传，对雪哥肃然起敬，赞美之声脱口而出："雪哥，您真是红色基因的传承人，以您为荣，为您骄傲！"

次日，雪哥上班，江峰乘公交车前往郊区的金陵运输配件公司对账催款。

一进配件公司大门，江峰就觉得该公司生意做得不错：客厅宽大亮堂，地面干净整洁，正面墙上公司的招牌下摆放着几十盆鲜花，两边墙上是醒目的广告词和十几块奖牌，用高档金属材料装饰的营业执照和税务登记证张挂在醒目位置。近前一看：法人代表贾克娜，总经理贾克娜，注册资金500万，经营范围运输配件和产品代理。

江峰很快找到负责人贾总，寒暄几句，江峰告知，原联系人罗泉已被辞退，今后会有人来保持联系。贾总装模作样叹息一番，说罗泉是搞业务的好手，有点可惜。

江峰说明来意，贾总立刻领江峰到会计室，没费事就核对无误。江峰正欲离去，桌上一张发票的名称让他感到好奇，正想近前细看，贾总伸手把发票一抓，放到桌上堆叠的文件中去了。

贾总招呼喝茶，江峰进入正题催款。贾总声称这两年生意很好，就是资金周转不开，供不应求，正在想办法筹款。明天带20万票汇回去，此后陆续会付，贵公司领导来过多次了，五年来合作得很好，尽管放心。

江峰见其爽快又言之有理，没有多说，起身去厕所方便了一下，转身告辞。贾总拿来一箱金陵特产，说是尽地主之谊表表心意，江峰推辞不开，只好收下，回到雪哥家中。

吃完饭，江峰按习惯打开挎包拿药，豁然发现包里有个信封，打开一看，里面是一沓崭新的票子，经点数，整整2000元（后来交公了）。江峰感到蹊跷，就对雪哥说了。

雪哥问："你今天还到过其他什么地方没有？挎包离过身吗？"

江峰说："我只到了这个要对账的公司，出门前将包放在贾总办公室椅子上，去厕所方便了一下。"

雪哥反应神速，立马肯定，"就是上厕所时有人将信封放进你袋子的。"

江峰推测："我上厕所不过几分钟，当时办公室只有贾总在场呀！"

雪哥："这还用想，肯定是贾总所为。不过购买方为什么要向供货方的普通对账催款人送这么重的红包呢？"

江峰说："我也不解，更不解的是为什么在他们桌子的那张发票上，看到从没有的我方分公司名称呢？"

雪哥问："你看清了？"

江峰说："我可以做到过目不忘。"

雪哥："你向你们老板核实一下，有没有在南京设立这样的营销分支机构。"

江峰拿起手机就打："帅总，我们金溪公司有没有在南京设立分公司？"

帅总回答："没有呀！前几年，金陵运输配件的贾总来找过我，要求授权成立分公司，我没有同意，她纠缠了好久，最后我表态是这样：除非你自己当法人代表，自担风险，否则免谈。贾总没有接受我的意见，我就没有授权，她很不高兴地走了，此后再未见面。当时我正在理发，这事我记得很清楚。"

江峰挂断电话，心情郁闷，凭多年管理经验，意识到其中必有隐情。

雪哥提示："明天查工商注册就真相大白。"

江峰恍然大悟："对！谢谢高人指点。"

时间尚早，两人接着又聊起了家常。

江峰："雪哥，听说你对家人、亲友、老乡都是有求必应，竭尽全力帮助。真是情深义重、仁心宅厚啊！"

雪哥："我是喝家乡水长大的，为人要常有感恩之心，有条件就要回报。"

江峰："您这么多年来，为家乡亲人付出最大的事是什么？"

雪哥谦虚："做得很不够，但我尽力了。要说帮忙印象深刻的一次，就是解救阿华，那一次把我都搞病了。"

江峰："我听老婆提过，说你帮亲戚阿华介绍了工作，不仅吃力不讨好，还差点惹祸上身。但不知详情，到底是怎么回事呢？"

雪哥沉思了一会，便款款聊起当年阿华被骗遭拐卖的经过：

1989 年初秋，阿华来南京打工。棉纺厂轮班休息的时候，她只身一人跑到火车站闲逛。遇一抱小孩的中年妇女上来搭讪："闺女，你去哪里？"阿华答："不去哪里。"又套近乎："你在哪里上班？累不累啊？"阿华天真的回答："累啊，三班倒。""那我给你介绍一份轻松又赚钱的工作，好吗？""好呀，什么工作？""你先跟我去看看，就知道了。"阿华不知是计，便随同前往。穿过马路，七弯八拐，来到一间幽暗的屋子内，一个男人窜出来，皮笑肉不笑的递给阿华一并"可口可乐"。嘴里咕嘟咕嘟道："小妹妹，你喝吧喝吧！"贪喝的阿华，迷迷糊糊糊的，不到十分钟就睡着了……

不知过了多久，在摇摇晃晃的长途汽车上，阿华醒了。抬头一看，先前遇见的那个女人和男人都不见了，眼前都是素不相识的男女乘客。阿华似乎明白了什么，要求下车回去上班。说时迟那时快，一个壮汉当面一巴掌，打得阿华眼冒金星，天旋地转……

天快黑的时候，车停到一偏僻的农村土房子附近，阿华与其他三个女孩被蒙上双眼，挨个靠墙蹲在地上。只听见屋外传来一阵阵讨价还价的吵闹声："8000"、"5000"、"6500"……

平静下来之后，阿华被一个年约 50 岁的农民带走了。深夜，一辆哐当哐当响的拖拉机，拉着被捆绑了手脚的阿华，行驶在高低不平的土路上，消失在漆黑的夜色里……

阿华上班的工厂，一早打电话过来，问阿华怎么没来上班？我说她压根就没回家啊。单位连忙派人到处查找，杳无音信。我随即打电话问阿华的哥哥，他说没回家呀！我意识到事情不妙，急忙报警求助。金陵公安分局经过分析，认为被拐骗的可能性较大。遂从阿华下班开始的时间进行排查，收集信息。经过三天紧张的排查，终于掌握了阿华的部分行踪。在阿华两个同事的帮助下，警方追查到了火车站及其附近的出租房。终于得知阿华被骗卖到了安徽阜阳某地。这个信息被公安机关敏锐地获取后，立即与安徽省阜阳市公安机关取得联系，进行协调办案。就在准备警力前往阜阳的时候，我接到了一份匿名电报，称阿华在阜阳市涡阳县。南京警方立即与阜阳警方通报，阜阳警方立即联系涡阳县公安机关，进一步缩小范围进行布控。事不宜迟，我随南京警方连夜奔赴涡阳。

次日，到达涡阳县公安局，局领导已静候多时。来不及早餐，涡阳警方便带领我们直奔小庄派出所。派出所长简单介绍了他们最近一周内摸排的外来人员情况，确有一个叫阿华的住在××村。经过分析判断，下午4时赶赴××村。派出所的两名警察，翻越两米宽、两米深的壕沟，迅速放下吊板，我们一起通过壕沟，直扑村庄。经当地派出所民警多次喊话后，只见一披头散发的女孩从村庄里跑出来，朝着警察大喊："救命！"定神一看，正是阿华。我疾步上前，一把拉住她的手，迅速上了车。

这时，村庄里接连冲出来10多个男女，企图阻止解救，被当地派出所民警呵斥制止。我们迅即开车离开，到达南京时，已是次日凌晨五点。

阿华得救了。休息一周后，惊魂未定的阿华结束了一场噩梦般的经历，顺利回到了自己的家乡，回到了母亲的身旁。而我则在盛情感谢警方之后，大病了一场。

后来有诗记其事曰：

阿华寻钱别故乡，

只为打工生计忙。

偶然一遇酿悲剧，

轻信奸人上大当。

多亏公安来解救，

逃脱噩梦出涡阳。

从此人生得教训，

处处谨防笑面狼。

听完故事，江峰拍案叫绝："惊心动魄、扣人心弦啊，阿华的命运牵动人心。人贩子为了几个黑心钱，违背受害人意志，毁掉一个个家庭，毁掉受害人一生幸福，实在可恨之极。国家应当从严立法，对人贩子狠狠打击。雪哥您为了解救阿华，呕心沥血，殚精竭虑，小弟内心深为敬佩。您是时代的楷模、学习的榜样啊。同为军人的我，向您致敬！"

次日，江峰在雪哥的陪同下，前往管辖金陵运输配件公司的当地工商所查阅注册档案。

轻而易举地，就找到了"金溪电气公司南京分公司"的基本信息。工作人员的电脑上显示：法人代表帅总，总经理贾克娜，注册资金三千万，经营范围：运输行业电气产品销售。

江峰对此闻所未闻，深感诧异，立刻要求调阅注册档案。

档案看起来很齐全：金溪电气公司的股东协议和章程，金溪电气公司成立南京分公司的股东决议，金溪电气公司任命贾克娜为南京分公司总经理的任职文件，金溪电气公司财务对南京分公司三千万的注资证明等等，满满一袋子。股东协议、章程和决议上有金溪电气公司全部股东签名、公章、帅总私印，任职文件有金溪电气公司行政公章，注资证明有金溪电气公司行政公章、财务专用章、帅总私印。

初看似乎规范逼真，没有丝毫破绽，但这些子虚乌有的注册资料究竟从何而来？江峰陷入了沉思。身旁的雪哥提示："看印章真实否？"江峰仔细察看，仍然看不出有什么不对。雪哥又提示："你带有盖了真实印章的催款资料没有？拿出来比对一下就明了。"

江峰立刻从随身携带的挎包里，拿出盖有财务专用章的对账函、盖有帅总私印、行政公章、财务专用章的催收欠款授权委托书，又拿出包里携带的放大镜，进行放大比对。

不比不知道，一比吓一跳。公私章细看有明显差异，金溪公司的印章字迹标准光洁，南京分公司注册资料上的金溪公司的印章字迹则略显潦草粗糙。江峰心里开始有底了。

通过再三比对，最后两人确认：行政公章、财务专用章、帅总私印和所有注册资料全部系私刻造假！

江峰全身开始冒汗。他清楚地知道，这种造假给金溪公司掘下了一个多大的陷阱啊！

江峰复印了盖有工商局档案室公章和"复印属实"签字的全套注册资料！为稳妥起见，又对南京分公司的税务登记情况进行核查，当然也全部是靠造假登记的。

事关重大，江峰在返回市区的路上，将情况向帅总汇报。

帅总气得好久说不出话，然后突发雷霆之怒，大吼："这是哪个畜生干的？究竟是谁要害我？"话声震耳欲聋，心脏不好的江峰只好将手机搁放一旁。

帅总发火半小时后，对江峰指示："暂莫回来，等候电话。"

当晚十一点多，帅总来电，说是召集儿女们开了一个紧急碰头会。叫江峰明天去追问贾总造假的理由，并要其交出假印章。

江峰遵旨，第二天来到贾克娜办公室，面对面进行责问。

贾总首先还遮遮掩掩，当江峰告知已调取复印了南京分公司的注册档案时，脸色顿时脸色惨白，冷汗直下。

江峰又指明造假性质和效果："贾总，私刻他人单位公章，虚假注册，是触犯法律的行为，完全可以判刑。你很可能要坐牢，希望你有足够的思想准备！"

起初还强装镇静的贾总，瞬间双手哆嗦，浑身像筛糠一样颤抖，目光呆滞，瘫坐在椅子上，半天没有动弹吭声。

十几分钟后，贾总回过神来，承认私刻印章，承认所有注册资料伪造。并坦白交代：缺少法律常识，不知造假要承担法律责任。为了利用金溪公司的品牌效用，转移经营风险，抱着侥幸心理，一套人马，两块牌子，实际运行已三年多。

江峰追收假印章，贾总沉默半天，推说前天对账后就丢到河里去了。

贾总向江峰哀求，只要不把材料交回金溪公司去，决不会亏待江峰，有什么要求尽管提。

江峰自然不为所动，当面拒绝："贾总，对不起，这个忙我无法帮！"贾总又问江峰住址，说晚上来商量有关筹款支付欠款的办法。江峰没有警惕，如实相告。然后离开配件公司，回到雪哥家中！

到雪哥家约一小时后，江峰手机收到一条陌生人的信息："如你不肯协调，不交出复印档案，叫你爬出南京。"江峰认为这是配件公司人员的恐吓信息，未予理睬。谁知，三小时后，有过越南战场经历的江峰，几十年后又在祖国南京，经历了最惊悚的一幕。

雪哥下班回来做饭，江峰告知了当天情况，并将恐吓信息内容说与雪哥听。

雪哥交代："老弟，你在离开南京之前，不要私自外出。我这里是消防大队内院，比较安全，可放心居住。"

吃完晚饭已经夜幕降临，闲聊一阵之后又到服药时间，江峰打开挎包拿药，发现药已缺少三样。考虑回到家至少还需一两天，江峰提出要出门上街买药。雪哥不放心，陪同前往。

南京夜晚的街头，华灯高挂，霓彩闪烁，人来车往，特别热闹。江峰跟在雪哥之后，发现有人跟踪，遂告雪哥。雪哥悄悄嘱咐江峰，离自己的距离不得超过三步，买完药即速回家。

买完药出门，刚刚走了几十步左右，一蒙面人从右边人群的斜刺里杀出，朝江峰头上挥拳袭来。已有防备的江峰闪身躲过，跑至雪哥前面。另一蒙面人又从前面挥刀朝江峰胸部捅来。江峰惊呼一声，退后躲让。雪哥大步上前，抓住捅刀人握刀的手，以迅雷不及掩耳之势，将蒙面人推到路旁树上，夺下钢刀，掐住蒙面人的咽喉部位，用右手使劲顶住对手下巴，用右腿膝盖使劲猛顶蒙面人的下身。蒙面人顿时瘫痪，倒地不起。另一蒙面人见状一溜烟跑掉了。

雪哥扯掉蒙面人头上丝袜一看，是一地痞模样的青年人，当即审讯。地痞招供，两人是受人雇佣，准备让江峰放点血，谁知反而被擒。雪哥问是谁雇佣，地痞不肯招供。雪哥要将其扭送派出所，地痞下跪哀求。

考虑未造成实际伤害，雪哥警告地痞："如果我弟在南京受到伤害，第一个要找的就是你！"随即用手机拍下地痞照片。

回到家，江峰好奇地问雪哥："刚才使用的是什么功夫？"雪哥答："在部队学的擒拿格斗中最厉害的一招：锁喉！"

说到擒拿格斗，那可是雪哥的拿手好戏。兴趣上来了，雪哥便滔滔不绝地免费"授课"，讲解起其中要领："锁喉，是以迅雷不及掩耳之势，制服对手的一种自卫手段。具体做法：以语言和手势转移对方视线，将对方渐渐逼至靠墙或者树木，然后用强有力的右手拇指和食指捏成钳状，左手虚晃一下，突然用钳手掐住对方的咽喉部位，尽力掐死，并用右手虎口使劲顶住对手下巴，同时，右腿膝盖使劲猛顶对手的下身。这些动作是连贯猛烈、一气呵成的，不能有丝毫的犹豫。锁喉令其顿时呼吸困难，下顶动作使其全身痉挛、无力反抗。制服对手后，迅速采取捆绑等措施……"

擒拿之术，江峰在部队时也曾学过几招，但毕竟荒废多年了。想不到雪哥居然还运用得如此熟练，得心应手。

南京街头的惊心险遇，让从不怕死的江峰，整夜辗转反侧，不能入眠：假如将一条小命丢在这里，值不值得？

次日清晨，雪哥护送江峰提前登上回家的火车，又特别找列车长委托关照。觉得该考虑的都考虑到了，万无一失，雪哥方才下车，挥手告别。

江峰回到公司，向帅总汇报完，即交付南京分公司的注册档案复印件，随即回家休息养神。

江峰后来才知道，帅总考虑商业利益，未予报案，以索赔两百万方式处理此案。淮洲法院法官上南京进行财产保全，冻账封号，一月后货款加索赔款共480万元悉数到账。江峰在金溪电气公司年终总结表彰大会上，胸佩大红花，被授予年度特别贡献奖。

次年清明前夕，雪哥受淮洲市委邀请，回乡编录《淮洲英才》，顺便探亲。

雪哥递交完市委所需材料，走访完所有亲戚。清明当天，在江峰等亲友陪同下，雪哥冒雨前往烈士陵园祭拜爷爷光凯。

仁立于纷纷细雨中，雪哥在刻着爷爷光凯名字的墓碑前，饱含热泪，默念祭文，三拜九叩。随即赋诗一首：

土地革命烽烟绝，
战死疆场祖父别。
南溪河水不断流，
孤城冷月照残缺。
革命烈士尽殓踪，
华夏遍地英雄血。
烈士光凯永不朽，
碑立千仞敬爷爷。
碑壁铭刻烈士名，
二十万颗星惨切。
清明雨落阴霾色，
风寒奉出连心结。
淮洲城外仰陵园，
红日回望肝胆裂。
承先启后振华夏，
中华复兴举世悦。

寻踪觅债

一、逆转的债权

2003 年的夏天，江峰接到了公司驻江西办事处销售员潘宁的一份诉讼申请报告。

申请报告上陈述，欠款单位为江西安泰水电站，购买的产品是公司的一套电源系统，总合同 26 万，到期货款 21 万。安泰水电站的法人代表中途更换，从签单起，前后跑了 30 多次催款无果。合同即将超过诉讼有效期，请求公司通过法律途径解决。

报告下附有合同、设备发货清单及签收复印件。经分析，我方并无违约事项，报告转到了公司法务部。

法务部的嘉木律师认真审查了有关资料，认为起诉前应该到现场亲自了解详情并作最后努力，做到先礼后兵，尽量协商解决。经帅总同意，公司召回潘宁，让江峰与嘉木律师和一名售后服务员，一同开专车前往安泰水电站催讨货款。

路上，潘宁陈述了签单的经过。

这是潘宁在江西签的第一个单。当时得到了安泰水电站工程设备的需求信息，潘宁多次去现场与业主方取得联系。该工程是政府投资项目，听说直接主管是县里的马副县长。潘宁两次去政府办公室拜访都没找到人，就留了个心眼，从侧面打听到了马副县长的家庭住址。在一个周末，潘宁壮着胆子上门拜访。县里很贫困，可能普遍条件都不很好，马副县长住的地方并不高档，也不是很难找，是个 3 层楼的小区。开门的是一个十岁左右小男孩，他告诉潘宁，爸妈都不在家。那个时候家里也没有保姆，小男孩非常懂事，招呼潘宁坐下等候，然后自己伏在桌子上继续写作业。潘宁凑近一看，小男孩正在写一篇作文。小孩告诉潘宁，他写的是一篇准备参加全省少年作文大赛的征文稿。潘宁曾任过几年教师，略通文理，细看作文有许多不妥之处，就提笔帮小孩修改了一番。改完又坐了一会，马副县长的爱人就回来了，她告诉潘宁，县长下乡去了，有事请去办公室找。潘宁无奈，只好陪着个笑脸留下一张名片就返回了南昌。意想不到的事发生了，十几天后的一个上午，潘宁接到马副县长打来的电话，说儿子参赛作文获得了一等奖。并说征文稿得到潘宁帮忙修改，马副县长很高兴，要潘宁去县里办公室找他。潘宁立马坐火车，当天下午就赶到了县里。在办公室里，马副县长平易近人，详细询问了潘宁所在的金溪公司的基本情况和产品，晚饭还招待潘宁吃了个饭。一个月后，金溪公司参与招标，技术和价格都获得高分，一举中标。

说到此处，大家很是感慨。是啊！细节往往决定了成败，努力了才有收获啊！

嘉木律师问："交货比较顺利啵？"

潘宁回答说："费了番周折。交货到期的前一个月，对方工程进度缓慢，工地不肯收货。是马副县长打电话给他们，他们才临时放在工程指挥部办公楼一楼的走廊里，需要时再安装。"

江峰觉得潘宁应该是一个有知识、有策略的销售员，于是问道："公司货都提供了，你与业主方的关系也不错，对方怎么不按约付款呢？"

潘宁说："开始是因为按合同条款，安装后才能付款，后来设备安装了，整个工程却搁浅了。"

江峰接着问："怎么回事？"

潘宁说："我正准备去找项目部谈付款问题，恰好接到马副县长电话，叫我代买三人去云南的飞机票。我迅速买好了机票，第二天，我早早就在机场等待。马副县长却迟迟不到，电话也打不通，飞机起飞前十几分钟只好退票了。几天后，我赶到县里，工程指挥部的人告诉我，马副县长因其他问题被省纪委双规了，工程也就停了下来。半年后，县里将整个水电站项目工程重组，转卖给一个福建人朱老板，现在就是这个朱老板不肯付钱！"

　　车子到达安泰水电工程指挥部，负责人带众人观看了设备运行情况。售后服务员认真进行了现场检测，确认我方设备运行完全正常。但负责人以朱老板不在为理由，推说目前所有采购的设备都没有付款。嘉木律师告知一个月内如不付款将会起诉，请转告朱老板回复，然后留下律师函和联系方式，与众人一起返回。

　　然而，回到公司一个多月了，仍不见回复。嘉木律师立刻备齐所有资料，按照合同约定，前往纠纷管辖地安泰县人民法院提起诉讼。

　　在开庭的当日，众人准时到达庭审现场。嘉木律师作为原告陈述完理由，意想不到的事情发生了。被告律师竟当庭反诉原告，以未提供合同配件清单上的物品、耽误发电为理由向原告索赔三十六万。

　　厂家都知道，配件一般是与主机装配在一起的，没有配件，主机又怎么运转呢？如需厂家另行配件需由买家支付配件款项，或者注明是厂家免费赠送，那就会有具体单价数量和总价或标明赠送。但此合同上的配件清单并无价格及赠送说明，只写明了配件清单及产地。这是销售员当时未经仔细思考造成的。实际这是对方在文字上找茬，恶意所为。但合同上又确实标明配件名称和产地，一时间有口难辩。原告变成了被告！

　　回到住处，在嘉木律师的批评面前，潘宁承认文字上的纰漏是签第一个合同时没有经验造成，将配件产地写成了配件清单。配件已装配在主机上，并不存在另行供应配件，下次自会吸取教训。众人紧急商讨对策，确定次日去设备原存放的工程指挥部现场看看，准备三天后的应诉。

　　指挥部是一栋三层的旧楼房，建在大型水库边的一个低洼地里。两边是高高的泥土墈。刚刚走到外面，众人都发现，墈坡上和大厅墙上有崭新明显的水浸痕迹。一经打听，原来金溪公司的设备存放在一楼时发生了一次涨水淹浸。

　　当即询问收货人保管设备情况。收货人说，看到水已淹浸到大厅一米多深才请人将设备抬到楼上，当时随机的几个纸箱已浸泡成稀烂的了。嘉木律师向保管员问责，保管员立刻申辩说当时已经来不及转移。并将四名帮忙抬货的人叫来作证，嘉木律师赶紧写下证言，让保管员和抬货人签字按下手印，并以如果朱老板不付款就要找他们索赔为由，要求保管员出庭作证。保管员忧心忡忡，立马答应了。

第二次开庭，福建朱老板带着十人律师团队神气活现地出庭，双方剑拔弩张。嘉木律师不慌不忙设下圈套，问当时水淹时设备是怎么保护的？对方不知是计，如实相告是请人抬上楼的。于是嘉木律师正面申辩："尊敬的各位法官：清单上的配件我方都已提供，是对方存放我方设备的地方发生了水淹。对方自行将清单上的配件保管不当搞丢了，与我方毫无关系。我方无须赔偿，对方必须按合同约定付款。"

此言一出，满堂哗然。法官审查了证言，又传唤证人出庭作证。立刻，形势迅速逆转，对方的律师团队人员刚才还神气活现的，顿时傻眼，纷纷离场。

朱老板失态，冲出法庭，被法警抓住衣服拉回庭审现场。主审法官当庭宣布："金溪电气公司胜诉！"

法院判决 15 日内，21 万元货款顺利到账，江峰和潘宁松了口气。一次被恶意逆转的债权终于又逆转回归，嘉木律师也再次享誉金溪公司。此案例成为销售员培训的经典教材。

谨记：

合同文字须精准，

谨防日后起纠纷。

二、缩水的债权

2010 年冬季的一天，铁路销售员黎铁心急火燎地将申请报告交给江峰，请求支援。

铁路是公司销售的重要市场，回款周期短，每年销售近一个亿。黎铁每年用两三千万的个人业绩获得销售冠军，回款从未出过问题。

江峰询问情况："你怎么也碰到难题了？"

黎铁急匆匆地说："有三个路局的应收账款少了一百多万，有两个路局不接收发票了！"

江峰问："怎么缩水那么多？不会是有人挪用了吧？"

黎铁："江部，别开玩笑！是两年没对账了，对方说没有收到这么多货，仓库开不出入库验收单。"

江峰说："你不会把两年的发货单拿去核对吗？"

黎铁说："有的不止两年啊，对方的登记簿复杂得很，实在扯不清了。"

江峰说："好吧，我先准备资料，你约个时间同往。"

一周之后，两人坐上了前往河南郑州的高铁。先清理时间最久、差数最大的郑州局。

江峰拉起话题："小黎，你讲讲郑州局的开发情况吧。"

黎铁很客观："我是后期从部队复员回来接替我叔叔的，知道的情况不全面，也不一定准确。"

江峰说："没关系，反正没事闲聊吧。"

黎铁开始介绍起来。

原来，铁路机车以前用的都是需要加酸加水的碱性电池，后来帅总安排廖平开发铁路，准备用免维护铅酸电池取代碱性电池。又聘请了郑州局四位退休老干部帮忙，黎铁的叔叔作为技术支持参与其中。花了几年时间有了成效，又把铁科院范总工程师等人请到金溪考察指导。当时公司还在金溪村，附近没有旅社，范总等人又不肯去市里住，就夜宿帅总家里。因床铺有限，帅总睡在地上。范总等人大为感动，随后精心指导郑州局和其他几个局的电池试装。金溪的电池搭上了铁路提速的第一班车，获得了铁路销售许可证——319 文件。从此，金溪电池进入铁路市场广泛销售。

江峰很感兴趣地问："小黎，你叔叔以前每年只销得几百万，你现在每年销到几千万，有什么绝招没有？"

黎铁谦虚地说："销售能做大，一是靠叔叔积累的人脉和基础；二是靠每年出差三百多天的勤奋努力；三是靠公司的售前售后服务；四是靠诚信；五是靠赶上铁路需求量增大的机会。"

江峰："你说说诚信的例子吧！"

黎铁张口就来："那一年正值春运高峰，郑州局的中原之星（当时最快的机车），因电池箱设计的缺陷，密封高温不散热，电池出现故障。为保春运，我联系公司紧急支援。公司连夜发几百个电池过来，涂燕等四名售后服务员同时到达。我一同参与，五人连续苦战三个通宵（白天要出车只能晚上装电池），对机车的全部电池进行了更换，保证了中原之星的正常运转，用户非常感动！"

江峰赞叹："急用户之所急，是咱们公司诚信服务顾客的突出表现啊！"

"2008年大冰灾，武汉铁路局内燃机车因冰冻不能工作，需从仓库调出封存的电力机车代替，需要装电池。我闻讯连夜不惜代价请车，押着一车电池从简易的老公路上绕道，花了平时三倍的时间，抵达武汉，及时保证了用户的需要。"

江峰鼓掌："精彩！为金溪人的诚信美誉自豪、点赞！"

到达郑州已是下午四点，入住以后，黎铁立即打电话邀四位开发老人同进晚餐。

黎铁坦言："吃水不忘挖井人。我每次到郑州都要请他们吃饭。就是他们病了，我也要去看望一下。尤其是张老的夫人经常住院，我不厌其烦地多次上门慰问。"

江峰非常欣赏黎铁的为人，连连夸赞。

晚餐在欢快的气氛中进行。江峰转达帅总的问候，又将几个机务段的余款进行了回收分工，四位老人非常爽快，一致表态："中！"

第二天上班时间，江黎二人前往铁路局财务科先行核对往来明细，对其未入账的发票数，找出对应的发货单到仓库进行收货核对。由于黎铁工作到位，保管员相当配合，搬出入库登记簿，让江峰进行逐笔勾对。由于该局收发频繁，多家电池厂供货，登记簿记录非常复杂，第一天没有对完。

第二天再去，直到下午四点多才核对完毕。结果是，仓库有登记未开验收单的金溪电池，还有十台车共50万电池。保管员当即写下收货证明，财务接受发票，一月后支付了此款。

第三天转战郑州车辆段，在会计档案堆成小山的仓库里，翻箱倒柜寻找陈年老账，费时两日，终于找出两台未开验收单的电池10万元。将凭据交与车辆段财务审核无误入账，一个月后 10 万元也汇入了金溪账上。

第五天转战洛阳机车厂。在仓库翻阅了大量的收货记录，发现金溪公司有 6 台车的电池已被开作其他厂家的产品入库验收单。找财务追查，30 万货款已被其他厂家结走。找财务科长理论，科长答应在下次该厂家供货结算时将 30 万货款扣还金溪公司。果然，国铁是有信誉的，三个月后 30 万元货款汇入了金溪账户。

三战三胜，黎铁高兴异常，盛赞："对账会计都会，但没有你这样耐烦细致舍得干，也没有你这么多点子和主意。佩服！明天休息，请你去洛阳龙门石窟玩一天！"

次日，黎铁请了辆车，两人游览了洛阳周边景点，又吃了餐洛阳特色饭菜！

随后转往最后一站西安铁路局。

在高铁上，江峰问黎铁："你的业务做这么好，收入不错吧？你才三十几岁，这么多钱怎么花得完啊！"

黎铁说："人嘛，只要有条件，总要做点积德行善的事，多少钱也有地方花。非典期间，我向几个单位捐赠了十万多元的药品；村里修桥补路我前后捐了二十多万；家族上的助学基金我也捐了 10 万多。钱呀，别看那么重！生不带来，死不带去，有福大家分享嘛，多行善事自会延年益寿的！"

"确实，对金钱要有好的心态，你是个好党员，值得大家学习。"

到西安铁路局财务科，江峰进入仓库核查，果然又查出已收货 3 台车的电池共 15 万未开入库验收单。取证据上交留底，两个月后此 15 万元也汇入了金溪账户。

至此，黎铁名下所有疑难账目皆已澄清，缩水的 105 万陆续收回金溪开户银行账上。

凯旋而归！

后来公司财务对销售会计约法三章：每个业务单位一年必须发函对账一次；若有疑难应亲自出差对清；因未履职造成坏账损失，个人至少承担 10% 的损失。

慢慢地，对账成为了金溪公司会计的一种常态！

谨记：

坏账风险要杜绝，

及时对账是良策！

三、如麻的债权

2018 年夏末的一天，五年前负责长沙电力销售的李义，心烦意乱地找江峰诉苦求援。

李义说："五年前销在该电力系统七八个三产公司的到期质保金扯不清了，合同有市三产公司统招分签各局付款的，也有市三产公司统招直签直接付款的。我们财务将统招分签和统招直签的七个单位的往来合并在市三产公司一个总户头上，没有具体单位欠款的明细，共 102 万元，市三产公司只认 52 万，还有 50 万不知在哪家。"

江峰安慰："先把认账的 52 万收回再说吧！"

李义无奈地说："就是市三产公司的 52 万也不知是哪个合同的质保金，再说申请付款要点对点的项目合同作附件，合同又找不齐了，怎么办申请手续？"

江峰同情："是有点麻烦！"

李义恼火："从年初搞到如今，没法找人要款。收不回款我就要向公司赔偿，真是烦透了。请您出马帮帮我。"

江峰问："你做这么复杂的业务没有进行备底吗？"

李义说："项目名称，合同金额备了一份底，但回款情况没有及时记录，上百个合同有的付清了，有的还剩质保金，但到底是哪些项目的质保金构成总欠款呢？五年了，我转战河南电力去了，记不得也扯不清了。"

江峰说："你把手里现在存有的资料拿来，我帮你看看！"

少顷，李义从私家车上拿来两个沉甸甸的袋子，足有四五十斤重。倒在地上一看，都是投标文件、中标通知、合同复印件、付款申请之类资料，乱七八糟的一大堆。

　　江峰凝神，回想前几年帮李义在河南收五六个单位货款的日子，觉得李义敬业，有情有义有爱心，才三十多岁，未来的路很长，应该帮其解困、轻装上阵。于是答应帮忙试试，叫李义出具申请报告，请帅总批准后即动手。

　　不到半小时，李义就将帅总批准的收账申请报告放到了江峰的办公桌上。

　　于是，江峰开始了繁琐的工作。

　　首先自查，花了一周时间对李义的资料和市场部重找的资料进行分类整理、拼接，画表格进行分项登记。然后又花一周时间，翻阅财务五年内开发票和回款情况，进行逐笔勾对。虽然理出了一些头绪，但资料还是不全，仍然无法将分项数据完整拼接到与财务合并总数据上。

　　半个月过去了，江峰感到困惑。回家躺在床上思考，突然看到书柜上当年当会计时用过的那把算盘。心生一计：用倒减法。

　　倒减法就是先将外围简单容易的几笔款，通过对账收回搞清楚。然后对剩下的找市三产公司清收。主意已定，江峰立刻约李义开车同往淮洲、望堡、星泥、安乡各局。

　　前往以上各局查询并不顺利，要分别找电力局和下属的三产公司，有时还要去几次，但效果还是有的，首先查明淮洲局的欠款是公司重开一张20万元发票导致，江峰找齐证据交财务调账。其次，从三个局对出15万实欠，出具付款申请，半个月内15万元就到账了。

　　原102万应收款剔除上述回款数和重开发票数，市三产公司就只欠67万了。

　　接着去市三产公司清收已认账的52万元。这笔款子却让江峰费尽了周折。

　　市三产公司财务科陈科长回答：办理质保金必须点对点的项目名称、金额、合同复印件、项目负责人签字等齐备手续才能付款。

　　两人有些犯难，因为手中合同不齐；不知道是什么项目合同多少金额的质保金，根本无法填写付款申请。

　　苦恼之际，江峰的手机响了，正在淮洲会计师事务所的老同事田莘来电，邀请江峰后天回去一聚。江峰对老同事诉说了对账的难处，田莘提示，国资省电力公司对质保金有电脑记录台账，上面有工程项目、合同金额、质保金数额等信息，但三产公司有没有就不知道了。

江峰大喜，即又邀李义前往市三产公司，但刚开口，财务陈科长马上就说没有质保金台账。俩人又大失所望，坐在财务科发呆。

突然，江峰听到陈科长与同事说，老家来了 5 个亲戚，想到田汉大剧院听歌，但网上抢不到票，自己又没时间去跑，真有点烦心。

江峰记起了前不久带学生来田汉大剧院听歌，是找黄牛党老 K 买的票，立刻出来打电话给老 K。刚好老 K 手里还有八张明晚的门票，江峰立刻叫李义开车前往取票。

取票返回市三产公司财务科，江峰将八张田汉大剧院的门票，用金溪公司的信封装好，悄悄地放进了陈科长办公桌的抽屉内。

三日后再去，陈科长倒茶请坐，深表谢意，并将 640 元门票钱交与江峰。江峰不肯接收，陈会计就将钱塞进了江峰的挎包。

江峰诉说申办质保金的难处，陈科长同情："我这里确实没有质保金台账，但是我们有往来项目明细账，可以让你们看一下！"

李义反应神速，边看电脑，边用手机拍下画面。

江峰如获至宝，连夜进行计算勾对。至天亮时分，52 万元质保金的项目构成明细一分不差。当日即叫李义填写付款申请单。

然而，付款申请报告的合同附件却少八份，怎么办？

李义提供线索，原来与他签合同的人，还有两人在职，看他们有存档的合同没有。两人又直奔长沙。

但是两位合同签订人都说：五年了，单位内部拆分几次，合同都在那个乱七八糟的档案室了，还没来得及整理，你们自己去找找看。

市三产公司工作人员打开档案室房门，两人抱着希望，急忙进入。翻箱倒柜，解包细查，在堆积如山的资料中，对照项目名称寻找缺少的合同。两人大汗淋漓，全身湿透。花了一天的时间，终于从大量的资料中找齐了缺少的八份合同。

于是填好付款申请单，用齐备的资料，找项目主管和领导签字审批，又将签批的付款申请递交市三产公司财务。次月，金溪公司财务就收到了这 52 万元。

对未查明的 15 万元，再到市三产公司李义熟悉的办公室闲聊。闲聊中得知，在河西有两个三产公司是从此单位分离出去的。两人迅速奔到河西，在另两个三产公司财务找到了这 15 万元的质保金。又如法炮制，将 15 万元悉数收回。

至此，断断续续花了三个月时间，去长沙 15 次，终于把如麻的债权理清，将 102 万应收款账户余额摆平。

后来，李义从家中熏制一条十几斤重的草鱼酬谢江峰。

财务吸取教训，对后期统招分签的业务，分列了二三级明细账和备查簿进行核算。

谨记：

应收账款点对点，

年深月久好清欠。

四、失踪的债权

2019 年开春，财务部销售会计送来催收欠款申请报告。

江峰打开一看，吓了一跳。东江市电力公司 33 万元、省电力公司 41 万元质保金，竟是十年前的款项，至今未回。经办此业务的销售员汤松已离职六年多。遂到相关部门了解。

市场部说，汤松离职时未交接，派过几趟人去东江讨要，对方都说无此往来，可能是笔死账。省电力公司的质保金也没有凭据办手续。

财务部说：向东江欠款单位发过多次询证函，回复都是无此欠款。人员更换，此事也就落下了。省电力公司的数据一直对不上。

普遍认为，时间久远，即使有账，对方不给也是没办法的。江峰感到这又是一个烫手的山芋！

抱着就是海底捞月也要捞一把的心态，江峰开始整理资料。

然而，令江峰大失所望的是，合同、发货单都无影无踪。十年前的会计原始凭证也搬到金溪村去了。江峰拿着一个唯一的应收单位往来账明细，前往东江探寻。

先到应收款账上的对应单位——东江电力公司寻找，财务科一名女会计在电脑上鼓捣了半天，无可奈何地说："实在找不到，可能你们弄错单位了吧？你去电业局问问！"

江峰转身往东江电业局财务部，又一名女会计在电脑上鼓捣了半天，同样摇头。

江峰继续打听到还有一家电力安装工程公司，又上门查访，结局与前两个单位一样。

江峰失望而归。思考多日，决定翻查做账的原始凭证。会计珍妮热情开车同往金溪村帮助查找。

还好，在乱七八糟的公文堆里找到了当年做账的原始凭据：发货清单，发票存根联。

仔细核对，发票和发货单是开给东江电业局的，而财务十年前挂往来的是东江电力公司，这是明显的工作失误。难怪啊，户头都不对，怎么讨账呢？

江峰带着发票和发货单复印件二次前往东江。

不幸得很，东江电业局往来账户上根本就没有记录。无论如何说好话，财务管往来对账的会计横竖说找不到账务记录。

江峰只得二次返回。暂时不去理它。

一个月后，江峰想起一句熟语：解铃还须系铃人。于是，想起了此业务经办人汤松。

原来，江峰十年前帮汤松清收过一个多月的疑难货款，对汤松印象很深：四十多岁，不到一米六的个子，身体结实，脸形方正，反应灵敏，步伐稳健，双目有神，声音洪亮。汤松曾收养过湘西一贫困人家的男孩为义子。江峰觉得汤松讲情义有爱心，如能找到他，应该会提供帮助。

江峰首先去其淮洲乡下老家寻找汤松，但找到了他的家却找不到他的人。他家人告诉江峰，汤松长住长沙，很少回家。江峰要了汤松的电话号码返回。

回家后电话打通了，汤松非常热情地与江峰客套。当知道江峰找他的目的时，却委婉地拒绝："江部长，我早不在公司了，对方的人都换得差不多了，我没有义务也没有钱去跑，这些质保金更没有提成了，我还欠着老板的债务。你自己想想法子吧！"

放下电话，江峰苦思冥想。突然意识到，如果有满意的条件，汤松有可能会回来。

于是，江峰抓住要点，向帅总递交报告。

报告设立了三条鼓励措施：

1、汤松收账的差旅费由公司报销；

2、收回的货款按5%扣还汤松个人在公司的欠债；

3、汤松报销的费用财务直接付款，不抵扣债务，用于汤松的差旅费周转。

帅总果断批准了上述鼓励措施，江峰电话约汤松回家面谈，汤松几次都没有约定日期。江峰只好下长沙去汤松家面谈。

当江峰说出鼓励措施时，汤松有点心动，江峰又大夸汤松的优点亮点，回忆同事友情，感恩帅总的关照。汤松有些感动，答应出山助阵。

在约定的日子，江峰赶到高铁站，与汤松乘上了高铁，同往东江寻踪觅迹。

路上，汤松说起了33万质保金的由来。

十年前，三湘大地遭受了一场史无前例的大冰灾。道路中断，房屋倒塌，供电设备损失严重。大年三十晚，正在观看中央电视台春节联欢晚会的汤松，接到省电力公司要求火速送几十组电池支援东江电力的电话。

汤松立刻向帅总汇报，帅总立刻安排仓库组织车辆发货，仓管员龚弘立刻召集十几名装车工人和九台大货车，连夜装车，次日清晨发货。

因高速道路已经封闭，只好改走小路绕道而行。汤松押着九台大货车，浩浩荡荡于次日下午三点前，按时到达了东江电力现场。

产品及时转运安装，合同后来补签。九年前陆续付完了百分之九十的货款，余33万质保金就搁在那了。

听完汤松讲解，江峰问："这300万货款是由哪个单位付款的？"

汤松摇摇头："十年了，记不清了。"

到达东江，先行去三单位重走一遍，结果和前次去的一样，还是没有单位认债。吃中饭时，汤松说，如果能看到一两个熟人就会记起来。于是，下午两人守候在东江电业局的大厅里，时不时的往办公室探看。直到下班也未曾见到一个熟人。两人只好找宾馆入住。

次日再去东江电业局守候。上午十点左右，汤松在过道里突然发现一个熟悉的身影，赶紧追过去，大喊一声："李部长！"那人回过头来，也认出了汤松："汤经理！"于是两人兴高采烈地随李部长进入办公室。

进门就是一阵热聊。原来李部长是当年东江电业局的设备运维部长，汤松交货时是李部长接货的，李部长现在是东江电业局的副局长了。聊了一会，汤松提起冰灾之事，李部长依然记得非常清楚，说了一番感谢的话，问及来意。汤松告知三十多万质保金贵单位财务无账面记录，非常恼火。

李部长思考良久，突然一拍巴掌："新来的会计不清楚，我知道账在哪里！走，去财务！"

江汤二人紧随其后，一同进入财务部，李部长朝对账的那名会计喊："小敏，他们确实在冰灾时支援了我们三百多万电池，给我们很大的帮助，不能瞒情啊！这个账就在冰灾损失的专账里。"

小敏立刻打开另一台电脑，查找五分钟后笑眯眯地答复："确实有，33万！"

顿时，江峰一屁股跌坐在财务部的椅子上，心里默念着："太难了！"眼里涌出了苦尽甘来的泪水！

一个月后，金溪公司财务收到了东江电业局的33万元质保金。江峰又与汤松同去省电力公司，通过汤松的熟人进入财务处。但电脑显示账面数大于汤松名下的应回款数。经熟人提示，在电力公司对外窗口，查找到质保金的明细。

江峰带明细回公司分析核对，原来大于数是包括了公司另一名销售员所做业务的质保金在内。于是准备好付款申请资料，再下长沙，与汤松再去电力公司。

电力公司财务接受了付款申请，但要求补充合同作附件，还需提供各基站的使用意见，方能付款。江峰估算了一下，基站分布全省十几个市县，使用意见起码要两个月才能签完，合同根本就找不到了，怎么办？

汤松打消江峰的忧虑："我有熟人，看能走捷径不！"

江峰将资料交与汤松，回家等待。不久，汤松来电报喜。汤松说反复找了省电力公司领导反映，质保金都十年了哪里还有合同？正常运转了十年的设备还要什么使用意见？电力公司领导非常重视，专题开了个清理到期质保金的会议，决定只要有付款申请，又确有其账，免办手续，直接付款。

果然，一周后，金溪财务收到了汤松名下省电力公司为期十年的41万元质保金！

此后，财务和市场部对合同、发票、发货单等，落实了管理措施，加大了管理力度！

谨记：

寻踪觅债勇争先，

尽责担当著经典。

奇招妙计

一、步步追击

单钓，男，五十有余，住云氿山下东沙镇。早年因好赌离异，抚女儿长大成人。女欲嫁，单钓无钱制办女儿嫁妆。经镇人大代表牵线搭桥，从帅总处借得一万元现金，遂将女儿顺利嫁出。

单钓五年未予还款，江峰执借条讨要，从东沙镇追寻到市区。找多人打听，获悉单钓在市区靠打零工度日，与一做缝纫的离异女士同居。又费了一番周折，终于得到单钓租房住址信息。江峰多次上门讨要，单钓死皮赖脸，不肯归还。江峰思量再三，遂行跟踪。

多次跟踪，发现单钓夜间经常出入茶楼、麻将馆，沉溺三恭、斗牛、炸鸡、金花、开二三、三打哈、跑得快、长沙麻将等类型赌博活动，每次输赢几千。江峰捉摸到单钓的出入规律，蹲点守候，上门骚扰。

初始，单钓不以为然，江峰连去数日，单钓感到烦躁。江峰又以不还债随时报派出所现场抓赌为由，迫使单钓就范。

单钓每次用几百元或一千还债，江峰不厌其烦，每隔十几天就上门讨要。从春讨到冬，当年的大年三十夜终于收完单钓的全部欠债。

次年春节期间的正月初六，单钓在城区南门口淮洲河边闲逛，看到有人出资 500 元打赌潜水过河，顿时赌瘾大发，争先应战，一个猛子扎入冰冷的河水之中。河道中有淘沙人留下的沉坑大洞，单钓入水潜到河中央，可能是无力坚持，冒出水面喊了声救命，即无影无踪。

几名好心人花时一日，方才捞起单钓的尸体。有识得者告知同居女士，女士竟不认领。尸体腐烂发臭时，其女儿方才出面用草席将单钓裹着入土埋葬。

江峰叹曰：

赌博害人有古训，

可叹今人还上瘾。

千金难填无底洞，

一命呜呼成鬼魂。

二、张冠李戴

李侯，男，年方三十，从事装修业务。伙计陈昆以包头名义，签下承包金溪山庄装修工程协议，李侯入伙帮办。

陈昆告知帅总，没有他签字同意，装修工程款任何人不能提取。当工程接近尾声时，李侯背着陈昆，带同学刘新前来找帅总，以急需购材料为名，要求预支工程款。

刘新系市内某行政机关干部，与帅总甚熟，帅总放不下面子，在刘新的求情面前准备批钱。签字时想起包头陈昆交代，就叫李侯以借款名义支钱，并叫刘新在李侯借条上签字担保。李侯才拿到了十万块钱。

一个月后工程完工结算，包头陈昆对李侯借的十万元不予认账，不肯在金溪公司应付的工程款中抵扣。李侯十万元成为个人债务。

江峰受命追讨，几番努力找到李侯，李侯以陈昆未与其算清账为由，拒不还款。

江峰追讨三月无果，只好找当初借款担保人刘新。刘新自知要承担完全责任，要求宽限还款时日。江峰准允。

期限到达之日，江峰再找刘新。几次无果，准备起诉刘新，起诉前通知刘新准备应诉。刘新紧张，担心声名受损，遂带李侯至江峰住地求情。

其时，刘新当着江峰之面，左手揪住李侯，右手高举红砖，怒气扬言：李侯不还款即当场砸烂李侯的狗头。李侯当街给江峰下跪，要求救命。江峰知是苦肉计，未予理睬，只问担保人刘新还钱。

几番过招之后，刘新被迫向亲友筹款，代李侯分次还款。刘新一年内帮李侯还清了全部借款十万元。后来听说，李侯五年后才还刘新五万，至今还欠刘新五万元。

江峰叹曰：

随便担保祸无穷，

签字下笔须谨慎。

人心隔着是肚皮，

要防奸滑使诈人。

三、量体裁衣

尤方，男，40岁，系本市东沙镇人。为人厚道，聪明上进，二十多岁入党。三十多岁任村支书。换届时选落，逐来金溪公司打工。不满足计时工资收入，辞职到北京与人代销产品，想圆发财梦。辞职前向帅总求助垫底资金。帅总对尤方印象颇佳，遂发善心批借六万块钱。

谁知尤方到京不到半年，生意严重亏损，只好姜大公卖面粉——倒担归家，安心务农。所欠债务三年未能归还，江峰上门讨要。

道路七弯八拐，车子颠颠簸簸，在山区的一个山沟里找到了尤方的家。

进门一看，满目凄凉。房子还是五十年代用泥巴筑就的。墙上多处穿孔大洞，寒风四处吹入。大厅地面坑坑洼洼。堆着七七八八的烂东西，没有一样像样的家具。大门口坐着一男一女，都是七十多岁老人，傻傻的望着远方，身上的衣服陈旧不堪。门口的小鸡四散啄食，鸡屎满地都是。

好不容易等到尤方回来，双方坐下交谈。尤方实话实说：北京回来未找到赚钱之路，依靠植树养蜂收入养家。老父老母身体多病，轮着住院。弟弟患重病，他帮扶了几万元也未能挽救成功，去年已仙逝。儿子尚在读书，每年学费都是找亲友筹借。妻子耐不住贫困，与人私奔了，两年没有半点信息，也不知道是死是活。

江峰打量尤方，褪色泛白的西装满是泥巴油污，一双裹着泥巴的跑鞋露出两个脚趾头。脸上满是愁容，双眼露出困惑疲惫的眼神。

江峰心情沉重，深知讨债"不怕金刚就怕溜光"的道理，就与之聊起来。江峰讲述他人脱贫经验，打开尤方思路，探讨致富办法。最后婉转问他还款计划。尤方诚恳认账，信心十足地说，准备成立合作社，明年加大养殖规模。江峰与之商定三年还清计划，尤方写下承诺，签字按下手印。

江峰起身正准备离去，尤方留饭。其母用颤抖的双手，端着两个鸡蛋和四块油豆腐从内屋蹒跚着走出来，准备烧柴火做饭。江峰见状，心里发酸，从身上掏出两百块钱给了尤方老娘，招呼司机迅速开车离去。

一年过去，尤方毫无动静，江峰再次登门。情况如前一样无半点改变。想到尤方说到蜂蜜滞销，就出主意让尤方用每年卖剩的蜂蜜按市价还债。尤方感激不尽，当即再次写下承诺书。

于是，尤方用每年出售剩下的蜂蜜抵账给金溪，金溪用作应酬礼品。皆大欢喜。

三年内，尤方兑现承诺，还清了全部债务。当江峰前来交付金溪财务芙莹开出的六万元抵账收据时，尤方非常欣喜地告知江峰：合作社养了猪、羊、鸡、鸭、鱼，又大量种植园林花木。欣逢市价猛涨，开始盈利。儿子顺利进入高中就读，尤方与老婆正式解除了婚姻关系。尤方衣着整洁，红光满面，精神饱满，开始了新的生活。

江峰叹曰：

收账应具仁者心，

量体裁衣看实情。

既能还债又帮困，

何乐不为留美名。

四、唤醒良知

黄蓉，女，26岁，系本市港口人。十九岁时，高中毕业，参加了高考，考完经熟人介绍，以实习之名来金溪公司打工，安排在江峰手下工作。

黄蓉哥哥也同时参加了高考，在家等消息。黄蓉在工作一个月后，高考成绩揭晓，兄妹俩同时上线，不久来了录取通知书。二人欣喜若狂，正做着升学梦。父母却声称，家中贫困，两个人同时读大学负担不起，只能供一人上大学，究竟谁去，还未决定。黄蓉忧心忡忡，躲在办公室哭泣。

江峰了解了情况，看黄蓉身高容貌，察其智商和举止，觉得黄蓉不上大学有点可惜。就好言安慰，要其等待家中决定。

不几天，黄蓉家中决定来了，男孩优先，女孩留家。黄蓉将这令她绝望的消息在啼哭中告诉了江峰。江峰了解到黄蓉当时一年的全部学费是一万元左右，觉得不是大问题，就表示愿帮其想办法。

眼看临近开学日期，黄蓉无心上班，收拾行李准备回家。江峰突然想到，帅总宅心仁厚，若能让他相助，黄蓉上学必能成功。

江峰将黄蓉喊到门外，如此这般交代一番。黄蓉鼓起勇气，按照江峰吩咐，找帅总告之难处，寻求帮助，并声称会感恩回报。帅总当即批借一万元，助其入学。黄蓉拿到钱后，兴高采烈启程上学报到去了。

此后再无黄蓉消息，借支的一万元一直摆在账上。江峰转任其他部门负责人将此事渐渐淡忘。

黄蓉借款入学五年后，江峰清理离职人员债务时，在财务应收款账上看到了黄蓉的名字。询问帅总，黄蓉是否来过电话。帅总说黄蓉借款后就泥牛入海无消息。江峰觉得黄蓉做人不地道，就上黄蓉娘家，找其父母了解黄蓉目前情况。通过老同事仲怡带路很顺利就找到黄蓉娘家。

黄蓉父母告诉江峰，黄蓉已在深圳开了家照相馆，生意很好，去年回家结了婚，刚生下孩子。江峰问到电话，给黄蓉打电话。

黄蓉竟装不认识，还说借款的事忘了。江峰怒不可遏，在电话中一阵怒斥。黄蓉挂断电话，并不再接江峰电话。

江峰觉得不懂感恩的人应该教育，就再上黄蓉娘家找其父母评理。

江峰将黄蓉借款入学的详细过程告知其双亲，并把为人在世要常怀感恩之心的道理仔细讲与其父母听。其父母当即拿起电话骂了一通黄蓉，责令其还款。江峰留下电话，回公司等回复。

一个月过去了，黄蓉没有信息，但其父母主动告诉江峰，黄蓉中秋会回家。江峰在中秋前一天，带着黄蓉在金溪工作时的合影照片和借条复印件，第三次找上门去。

黄蓉在照片面前无言以对，江峰当着其父母的面给黄蓉上道德良心课。最后江峰说："你有能力，却不归还这一万块钱，对帅总损失不大，但你却做了个缺德之人。你实习时对部室人员是那么的友善和关爱，怎么现在变得这样无情无义了呢？你想想你当时的情况，没有这一万块钱助你，你能像现在这样光鲜吗？你父母都是善良勤劳的农民，在你的身上怎么就看不到一点农家子弟的影子？你已为人母，今后怎么教孩子？做善事的人得不到起码的尊重，不是令人心寒吗？你扪心自问：你的良心哪里去了？"

江峰的一席话，让黄蓉无地自容，脸上通红通红的，不停地搓手。其父母也加入劝说行列，纷纷责怪黄蓉不还款是不道德之事。

良久，黄蓉上前向江峰深鞠一躬，用嘶哑的声音说："对不起，我一时糊涂，差点做了亏心事，谢谢您，我马上还。"

黄蓉进房拿出皮包，从中抽出一扎票子递过来："江部长，这是一万块钱，你数数！"

江峰叹曰：

奉劝世人要听清，

追逐名利莫忘本。

做人底线要守住，

事事都要讲良心。

五、泰山压顶

周娜，女，三十岁左右，通过正式招聘进入金溪，录用为市场部管理员。主要负责一条销售线的合同管理、投标文书制作、跟单发货等工作。

周娜外相俊俏，话音响亮，办事急性。三个月试用期内，普遍看好。公司举行元旦演讲比赛，周娜过关斩将，夺得冠军，引起帅总关注，通过谈话，新年任命为市场部副部长。

任职上半年内，周娜的工作获得好评。下半年暴露出工作不细致、常出差错、业务不精、喜欢吃喝、不爱做具体事情的毛病，于是，在年度人事变更时，营销主管周总选定了另一更牢靠、更扎实、更得心应手的人来替换周娜。

周娜看到新年任职文件中没有自己的名字，觉得很丢面子，找上司周总诉求。周总耐心解释，并承诺降职不降薪。周娜仍然不满，扣下应交还公司的借支款两万元，未办任何手续，扬长而去。

一年后，江峰奉命收账。先行到财务、人事、市场部了解周娜债务原因。原来周娜所欠是其出差借支差旅费，未用完应交还公司的备用金。周娜所有费用都报了，用还没来得及发放的工资扣抵后，周娜实欠债务15000元。

江峰打电话给周娜，周娜提出如下三点理由拒不交还。

1、在别单位计发工资时，入职当月是发满月工资，你们为什么按实际出勤发工资；

2、试用期工资实际比面试时招聘人员承诺的工资低；

3、我没有犯错，为什么把我降职成普通管理员？

江峰耐心解释："第一，按实际出勤计发工资天公地道，人人平等，你在这个企业怎么能用那个企业的制度来套？第二，职务变动是正常的人事安排，领导有领导的考虑，不犯错误照样可以调整；第三，三个月工资未兑现承诺问题需了解后回复。"

江峰找当初面试的领导询证，确实有过承诺。但其入职试用期内实际工作内容和工作量与其他管理员一样，因此工资也一样。

帅总表态，可以按承诺补发工资。江峰立刻转告周娜。周娜仍以降职让她丢了面子为由，不肯来算账还款。并拒绝告知现在工作地点和单位。

江峰打听数日无果，有点茫然。一名存有周娜微信的同事告知，前不久在微信朋友圈看到过周娜发出的一则产品广告，但只有产品名称，没有地址和生产单位名称。江峰大喜，立刻要文员通过百度查找，果然找到厂家地址，原来该单位就在同一园区，相隔才三华里。

江峰、康茜和朱主任等人找上门去，见到了时任该企业办公室主任的周娜。进行了一个多小时的劝说，但周娜不肯罢休，还是不愿还款。江峰和康茜商量，只有将情况告诉周娜现在工作单位的老板彭总，彭总同是办企业的人，肯定会对员工的这种行为反感，由他去施压，或能见效。

于是，江峰等人不顾周娜的阻挠，强行闯入彭总办公室。彭总听了情况介绍，认为周娜的行为不对，但为了不冤枉人，要向周娜问清，叫江峰等人外面稍等。

半小时后，周娜红着眼睛出来，似乎刚哭过。江峰等人再次进去，彭总摊了摊手，说没能说服周娜，调解效果不好，有点为难。众人束手无策，只好退出。江峰曾为园区联合工会副主席，出门时以联系工会活动名义，加了彭总微信。

回来路上，大家一致认为，彭总的态度明显袒护周娜。

江峰琢磨开了。突然想到，周娜的房子就建在园区内，到园区内企业打工将会是周娜长期就业的门路。声誉是打工人的第二生命，若为一万多块钱坏了名声，实在不值得。周娜无理，只有通过舆论对其施压，方有效果。于是和康茜、朱枫商量，拟了篇标题为："当心打工妹"的短文，加盖金溪公司公章，拍照发给彭总，并声明，周娜如不配合还款，此文将实名登录在园区工会专刊上，今后周娜找不到工作，就别怪金溪公司了。

没想到立竿见影。周娜急急忙忙找上门来，主动清算，余款13000多元如数交还了金溪公司。搁置了一年多的债务纠纷几天就解决了。

江峰叹曰：

苦口婆心不领情，

直待泰山来压顶。

更大利益存危机，

只好俯首来称臣。

六、响鼓轻捶

姚丙，男，30来岁，本市港口人，大学本科毕业，离职前为云南办事处管理员。离职时账面负债25万，未办任何手续就不见了踪影。

对姚丙，江峰是熟悉的。江峰任市场部长时，公司对销售业绩好的省份都设立了办事处。主要为了方便销售员的食宿、汇集、交流，加强销售服务和管理。公司委派专人负责销售员的标书制作、考勤、上传下达，销售员所需资金的统一申请、分配、使用监控。负责办事处的房租、水电、设备、公共费用的买单。公司公开向全市招聘管理员，姚丙前来应聘。

姚丙身高一米七，帅气温和，彬彬有礼，思维敏捷，文笔流畅，知识全面。帅总很满意，对其优先录取，放于云南办事处当管理员。

姚丙不负所望，把办事处管理得井井有条，深得销售员爱戴。办事处业绩逐年上升，连续三年评为优秀办事处。

姚丙看到销售员收入高，不满足管理员的那点计时工资，任职三年后，自行跑业务。但未获成功，仅半年时间，就离职而去，没了信息。

经查，姚丙该报的费用全报了，债务25万元是其分配销售员资金时截留的应归还公司款。在姚丙离职五年后，江峰奉命追收债务。

然而，问遍了认识姚丙的人，皆说没有联系方式。由于管人事的专干更换多次，现任专干竟然找不到姚丙入职时的档案了。

江峰回想几年前的一次闲聊，姚丙说过曾在江峰老婆所在学校读过书，家就在学校门口。江峰立刻前往打听。

姚丙家人透露了两个信息：姚丙发了大财；现在是某集团公司高层。对单位名称和地址都说不知情，更不愿提供电话号码。江峰只好扫兴而归。

有一天，江峰去市内一药房买药，听售货员自称是港口人，就与之闲聊起来。原来她叫小田，与姚丙是小学同学，只是毕业后从无联系，十几年没见过姚丙了。江峰有点失望。抱着死马当活马医的希望，拜托小田打听，并承诺如能提供姚丙的有用信息，金溪公司自会感谢。

又过去了一个月，江峰已不抱任何希望，再次上药店买药。小田却高兴地告诉江峰，上周小学同学首次聚会时见到了姚丙。姚丙在致祝酒词时，讲了一句"欢迎大家来珠海华澳汽车集团公司玩"，电话和地址就没办法问到。

江峰如获至宝，丢下两百块钱酬谢费，即回公司找人从网上了解华澳公司情况，很快就找到了华澳公司地址和电话。

电话打通之后，对方询问找姚总什么事。江峰只说是姚丙老朋友，多年未见想与之聊聊。对方说，姚丙现在是该集团公司副总裁，主管营销，经常出差在外，现在也不在家。江峰要求告知姚丙的手机号码，对方横竖都不愿提供。江峰怕打草惊蛇，未予多问。

江峰思量半日，决定敲山震虎，分三步收账。

首先，通过快递寄问候信，信中彰显他在办事处时的亮点，述说当年同事情，邀请回来做客等等。

但信发出半个月了，姚丙没有回音。快递信息却显示，快递已由本人签收。

其次寄催收欠款通知单，也显示本人签收，没有回复。

最后寄出律师函。

终于收到效果。律师函寄出十多天后，帅总收到了姚丙厚厚的一封信。

信中，姚丙首先感恩金溪公司让其得到历练，感恩帅总的关爱培养。然后向帅总述说了发财的详细经过，介绍了现在企业规模和产品，期待帅总去指导。最后表态愿意还债，请帅总告知收款账号等。

帅总感到十分欣慰，通过姚丙留下的电话号码，打了过去。通话十几分钟后，帅总发送了开户银行账号等收款信息。

半个月后，财务部收到了姚丙一次性还来的全部欠款25万元。

江峰叹曰：

成功人士素质高，

响鼓不用重锤敲。

稍加提示轻轻打，

匆匆即把欠款交。

七、旁敲侧击

刘牧，男，四十岁左右，大学文化，本市中和人。原系市某局公务员，停薪留职，投身金溪从事营销。

时任市场部长的江峰，将其分入云南办事处。刘牧工作四年，虽有业绩，但提成无法抵消借款，形成债务。刘牧提出离职，要求减免所欠债务。江峰向帅总进言，帅总大发慈悲，嘱咐江峰按实事求是的原则进行核实减免。

　　江峰帮刘牧找理由，寻证据，实在找不到了，才写下减债条款，并按照刘牧三年还清的要求，写下减免之后共需还债六万元的协议。帅总和刘牧双方签字，刘牧带着一份协议，满意地离开了金溪公司。

　　刘牧首先信守承诺，一年内还款一万。随后向江峰诉苦，说目前无稳定工作，收入甚少，家庭负担重，还债艰难，要求缓缓。江峰同情，表态只要三年内还清就可。

　　三年还款到期之日，不见刘牧还款。再拨刘牧电话，传来的是"已经停机"的提示话音。

　　江峰四处打听，无法得知去向，遂到原工作单位——市某局寻找，办公室人告知，刘牧仍在停薪留职，也无法取得联系。江峰只好暂时放弃，等待机会。

　　时光飞逝，一去就是两年。江峰在整理日记时想起了此未完事宜，遂和朱枫又到市某局寻找。

　　刚进市某局大门，江峰内急上厕所。出来时看到多年不见的校友汤姆。招呼一声后，汤姆热情地把江峰朱枫迎进自己办公室，搬椅倒茶，与江峰攀谈。

　　一阵家长里短后，汤姆告知自己现在是某科科长，还有五年就退休了。江峰告知找刘牧有点事，汤姆立马说，刘牧已回来上班两年了，现任审计科负责人，前几天出差去了。江峰非常高兴，要了刘牧电话，考虑到影响，下到办公室楼外打电话。

　　刘牧提出几点异议：

　　1、公司全包干制很不合理，营销风险都由销售员担了，业务做得多少，除了销售员努力外，运气是主要因素。做得好的就赚了，做得不好的就负债，两者差别太大。你知道的，我不是累死累活干吗？到头还负债，这个债务公司应该买单。

　　2、我的业务提成被财务分给了别人，加重了我的负债。

　　3、按你们现在的制度，我还有很多费用要报。

　　江峰表态：国有国法，家有家规，你不能接受公司制度，当时可以另择高门，何必受委屈呢？业务提成被别人分了之事，若属实可抵冲你的负债。至于要按现在的制度来重新报过去的费用是没有道理的。

刘牧丢下一句："你们走程序吧！"就挂断了电话。

江峰和朱枫重新打开当年刘牧的档案袋，翻阅其中减免债务的报告，发现刘牧的提成是按全包干制计件结算的，但退出时，已用追加的四年计时工资，和四年的差旅费进行了抵消债务处理，余欠的六万元是刘牧再说不出任何理由欠下的。

江峰朱枫又去财务，核实提成收入被人瓜分问题，结果发现完全是子虚乌有。

于是江峰朱枫带着减免协议再去找刘牧。

刘牧无言以对，丢下一句："你们走程序吧！"径自出了办公室。

江峰觉得刘牧是抓住了有效期这一武器，知公司无法起诉，也不会为五万元起诉。

江峰思量，如果与之争辩，此事势必会让他的同事们都知晓。现在公务员管得严，有个别人就因为名声不好，在考评中得个差评而丢了饭碗。为五万元债务让其落个坏名声，可能影响他的仕途，甚至丢了饭碗，实在得不偿失，还须谨慎从事。

在办公室门外走廊上，江峰苦思对策。突然他灵机一动：旁敲侧击。即通过校友汤姆去开导，通过他老婆去权衡利弊。与朱枫稍作商量，两人推开了汤姆办公室的门。

江峰将刘牧欠债的成因、归还的理由、不愿声张的好意，进行了陈述，又补充了刘牧"澡堂遇险"和债务减免几个细节。汤姆深表同感，答应找刘牧细谈，并设法搞到刘牧老婆的电话，助校友一臂之力，让刘牧主动偿债。

回家的路上，江峰向朱枫讲起那次刘牧搞笑的澡堂遇险。

原来，当年江峰去云南办事处检查工作时，办事处黄经理安排洗澡招待，刘牧等几名销售员作陪。众人洗完澡出来，发现少了刘牧一人，久等也不见人。众人急忙返回澡堂内寻找，在澡堂边的水沟里，发现了昏迷不醒的刘牧。众人紧急施救并随之送去医院，刘牧才得脱险。原来他在洗澡堂热气腾腾、空气闭塞的情况下，严重脱氧引发了贫血症。

江峰从某局回公司一周之后，校友告知了刘牧老婆的电话号码。编好信息，同时向刘牧和他老婆发送。

又过了一周，汤姆来电说，于情于理，权衡利弊，推心置腹与刘牧谈了两个多小时，效果很好，刘牧答应重新考虑。

又过了几天，刘牧老婆回了信："感谢公司厚爱，感谢您的良苦用心，我已说服老刘还债。"

又过了一周，终于接到刘牧来电："江部长，我愿意清偿债务，但要分几次，一年内还清。谢谢老领导的关照。"

刘牧果然信守承诺，一年内分四次还清了全部债务五万元。

江峰叹曰：

信誉口碑传千里，

诉讼举证撕面皮。

旁敲侧击好办法，

水到渠成堪称奇。

八、以工代偿

钟九，男，五十有余，小学文化，本市官头人。早年在金溪公司从事销售，业务能力不强，业绩不佳，进出多次，欠债十多万，已回家种田去了。江峰奉命上门讨债。

江峰对钟九很是熟悉，曾帮其到江苏等地催款。知钟九除了凭义气和善良得客户认可之外，就是靠请饭喝酒来建立业务关系。

钟九好酒上瘾，没有菜也能喝下几两，一日三餐都喝，眼睛经常是猩红猩红的。就是和江峰出差收账也备几瓶酒随身携带。上车前买上两斤五香牛肉，一上卧铺车就喝起来，过足瘾了，倒头便睡。入住宾馆也是如此，喝酒之后呼呼大睡。

江峰在官头下车后，几经问路，找到了钟九的家。大门未锁，进屋一看，家中较为寒酸。虽是红砖屋，但内外墙面都没有粉刷。内屋的床上乱七八糟堆着陈旧的衣服和被子。厨房的灶是几口土砖砌的，案台也是一张烂桌子。好不容易找到一张凳子想坐，满凳都是灰尘。江峰只得找块烂布，抹灰而坐，等待钟九回来。

稍等片刻，钟九摇摇晃晃地回来了。江峰知其又喝了酒，赶忙让座。

钟九还算清醒，对江峰说："江部长，不好意思，又让你看到了。我想戒也戒不了，你想骂就骂吧！"

江峰看其衣衫不整："你在家干点什么挣钱的事？"

钟九："这个年纪了，没文化、没技术、没体力、没关系，到哪都没人要啊！"

江峰问："那你怎么生活？"

钟九："老婆每个月拿四百块钱给我吃饭，女儿拿两百块钱给我买谷酒喝，不够啊，只好经常到小店里赊账和借钱过日子。"

江峰心生怜悯："你还能干点什么力所能及的事呢？"

钟九："搞门卫、养鱼、扫地、养花还可以，其他干不了，但是没人要啊！"

江峰不好意思开口讨债，掏出两百块塞进钟九袋子里，告辞返程。

回到公司，江峰心情久久不能平静。不让其还嘛，帅总不会同意，因为别人会效仿；催其还吧，这个样子他又拿什么还？江峰左右为难，苦思多日毫无对策。

一日晚餐后到帅总家里闲逛，看帅总得闲，就告知了钟九近况。

帅总叹息："钟九为人还是可以，就是好酒，我不敢作安排。他如能克制，每日少喝点，门卫要换人，卫生和苗木都要加人管理，从业机会很多啊！"

闻听此言，江峰大喜。对帅总说："钟九目前这个样子是还不了债，可能今后也难还。如能让他来公司做点事，您可不再花钱请人。既尽了您体恤之心，又帮他陆续还债。此乃一举两得的好事，请您施恩吧！"

帅总点头认可："你问问他能少喝点酒啵？"

江峰次日赶到官头，向钟九告知上班信息和以工代偿要求。钟九信誓旦旦保证做到。于是江峰就带钟九回到公司。

钟九与帅总谈话以后，立刻去后勤部门报到上班。

此后，钟九每餐喝酒控制在一两，从事门卫兼苗木修剪，每月工资3500元扣半还债。钟九满意，工作安心。一年后帅总又让其承包鱼塘，所得收入也扣半还债。钟九连干五年，还清了全部债务。因到退休年龄，钟九已有社保工资，遂带着积攒的 5 万块钱，高高兴兴回家养老去了。

江峰叹曰：

欠债还钱应维护，

偿还能力要兼顾。

以工代偿表大爱，

一举两得人心服！

九、攻心扼吭

吴信，男，40 岁左右，本市城关人，初中文化，早年在四川从事销售，三年前不辞而别，欠下债务十万元。

江峰查询吴信欠债原因，发现此欠债是由于收不抵支造成。

继续查账发现几个要点：

1、吴信两次来公司从事销售，第一次欠债八万元左右，已由帅总批报费用冲销。

2、第二次复出只做了两年多，收支已经抵平。

3、十万元债务，有五万是其以开发市场为名从其他三名同事中借钱转账的，另五万元是离职前半年分几次向公司申借的。

又继续调查，吴信从私人和单位借了十万元之后就再没出差。江峰判断，吴信纯粹是以业务出差为名套取了公司资金。欠下的债务吴信应该全额归还。

几经打听，得其开店和店子位置信息，遂找上门去。其时，吴信在本市尖锋建材城开店经营瓷砖生意。

江峰走进瓷砖店，浏览一遍之后，觉得店子规模不小。店子有三百多平方，装修豪华。店内陈列着各种款式、花色的冠球品牌瓷砖，导购员有三人。柜台背景墙上张挂的营业执照注明：单位名称：冠球瓷砖专卖店，法人代表吴信，注册资金五十万元。江峰觉得吴信生意做得不错。

吴信送货归来见到老领导，非常热情，递烟敬茶之后，吩咐导购员去买水果。一阵客套之后，吴信表明送货很忙，稍后就要出去。

江峰说明来意，吴信说是还有十多万费用没报。江峰立刻拿其往来流水明细，指明该报的全都报了，所欠十万元是套取的资金。吴信硬说还有借十万元之后差旅费等费用没报。江峰让其拿出同期出差的车票和住宿票证实。吴信说回家找找，改日给江峰看。

又过了一个月，江峰带齐资料，又找吴信。吴信拿不出出差证据，江峰则拿出办事处当年的考勤表、同办事处销售员的证言。

吴信语塞，只得承认十万元作了当初生意的本钱，其他四十万是由老婆借来的，都已还清。

江峰责成还款，吴信竟说："公司比我欠得多的大有人在，他们不还，我凭什么要还？"

江峰解释："别人欠下的债务与你的债务性质完全不同，且没有偿付能力。你的欠债是套取资金形成，而且你有偿还能力。"

吴信说不过去，推说要送货，起身走了。

江峰只好隔三差五去店里静坐，有一天捕捉到建材城周年大庆活动信息。

回公司后江峰苦思对策。觉得信誉是商人的生命线，如果让其感到声名有损，必会就范。于是制作好两条横幅，带着一副锣鼓，组织六名身强力壮的员工，再次上门。

此时正逢建材城周年大庆活动如火如荼。吴信店门口人来人往，热闹非凡。江峰先礼后兵，责问吴信到底有还没还。吴信顽固不化，仍说没得还。江峰令员工行动。

只见两人拉起"杀人偿命欠债还钱"的横幅，四人则敲锣打鼓。顿时，路人纷纷围观。

江峰打起快板："走一走，瞧一瞧，吴信无信不得了，铁证如山不认账，欠债不还装牛叫！"

"走一走，瞧一瞧，吴信票子嘟嘟叫，套钱起本赚大钱，赖账三年不回报。"

"走一走，瞧一瞧，人无诚信犹如狗，做他客户脸发烧，买他瓷砖是傻帽。"

"走一走呀，瞧一瞧，掏钱之前要想好，店里瓷砖细细看，是否其中有假冒。"

远观以为是店里为活动呐喊助威，近听才知是被人收账。

吴信气急败坏地冲出来，准备发作，看到行事者都是身强力壮的汉子，立马上前打拱作揖："各位兄弟，我还钱，我还钱！请先到店里喝茶，中饭我请客。"

此后三个月内，吴信分两次向公司账上打款，还清了全部债务。

江峰叹曰：

谁知老赖心肠黑，

对簿公堂费心血。

抓住要害施巧计，

攻心扼吭是良策！

十、恩威并施

牛智，男，四十出头，瓷城人，大学文化，系西安办事处销售员。三年前欠下债务15万元，不辞而别，杳无音信。入职档案为零，原有电话已无法打通。江峰前往追寻。

瓷城，原是省财专分校所在地，江峰在此带薪受培两年，拥有十几个城区同学。与瓷城会计事务所的元标来往最为密切，江峰直接找元标。

得知来意，元标说这问题不难。先找公安局的郑珊同学查身份证，后找房产局的李静同学查实际住址。今晚请郑珊、李静等几位老同学作陪进餐。

晚餐七八位同学到场，久别重逢，自有一番亲热，酒也喝得相当尽兴。

次日，元标开着宝马小车，陪江峰上公安局找郑珊。郑珊打开电脑查询，几十个牛智跳了出来。江峰逐一分辨，终于认出了牛智面目，查到身份证和住址。

下午按身份证上提供的地址信息，找到了牛智住处。但人去楼空，邻居们都说不知道牛智搬往哪里去了。

转身找李静，很快就找到了牛智的三处房产。江峰认为从最新的房产找人比较靠谱，元标又开车陪同去某小区。但铁门紧锁，无人在家。

次日晚上九点再去，果然，开门的正是牛智。

客套几句，江峰进入正题。牛智嗷嗷大叫，说还有十几万费用没报，边说边从内室拿出一叠发票。

江峰察看，只有车票和住宿票按现时规定能报，其他的都无效。能报的那一部分也就五万元左右。牛智不肯罢休，双方争执了几句。

最后江峰要牛智带票证和现金来公司进行债务清偿。牛智满口答应。

江峰看到牛智满屋子瓷器，就说有朋友想买瓷器。牛智立刻递上名片，说自己开了个瓷器专卖店。由此得到了牛智的新电话号码和店子地址。

次日返回，等牛智来清算。然而一个月过去了，不见牛智电话。又过了一个月，江峰按名片上的电话号码打过去，但无人接听。江峰又错开时间打三次，牛智仍然不接电话。

江峰就发了条信息过去，但等了几日仍不见回音。江峰只得二次去瓷城。在瓷器店找到了牛智。

牛智表态："这十几万有票的必须报销，否则不会去公司。"

江峰解释："你做的业务都按全包干办法结算了，按当时规定这些差旅费是不能报销的。你怎么只按自己的一厢情愿来要求呢！"

牛智不愿写承诺书，江峰为了抓有效期证据，就要其写个减免报告。牛智不知是计，提起笔就写，十几分钟就把减免申请报告交给了江峰。江峰又要其将发票交来，一并交公司审核。牛智立马开小车回家取来票据。

江峰回来，把发票交财务芊伶审核。芊伶说都是过期发票不能用了。江峰又持减免申请报告找帅总汇报。帅总认为牛智欠债，自己都不主动来清算，这些违规的费用不能报销。

江峰将情况告知牛智，牛智很不乐意，电话中又是嗷嗷大叫。从此，牛智不再接江峰的电话。江峰只得将牛智的减免报告交嘉木律师作未放弃的凭据，将牛智的身份证信息、房产信息交与起诉之用。

又过了两个月，嘉木律师写好了诉状准备起诉，江峰急忙带着诉状复印件赶往瓷城。在店里又找到牛智。

首先牛智还不以为然，认为已过诉讼期，瓷城法院是不会受理的。江峰告知，"减免报告上有你承认的欠款数，签字日期表明公司从未放弃，怎么无效？你的身份证和房产信息公司嘉木律师都掌握了，你准备败诉拿钱吧！"

牛智开始紧张，江峰又说："好汉不吃眼前亏，识时务者为俊杰。你想抗债是不可能的，法律不会保护你！你找律师咨询一下，我等你明天上午十点前回复。"

次日九点，牛智打着哭腔说："我今天跟你去公司面见帅总。"

帅总经不住牛智的苦苦求情，同意在江峰审核五万元基础上再减免两万，并限期一周内将八万元还清。减免那部分债务牛智自行提供有效发票冲消。

牛智不敢抗拒，按时还清八万元，并提交了七万元有效发票。又从家里拿来一高档花瓶送给帅总，千恩万谢离开了公司。

江峰叹曰：

来清去白是君子，

不清不白视为耻。

法律红线莫触碰，

帅总慈善天下知。

漂流通关

二十一世纪初的一个孟春。

江峰、李仁守望在高德先生的床前，满怀期盼，等待着高德的醒来。

江峰双眼凝视着高德先生因消瘦而变形的脸，脑中却回想着关于高德的往昔。

高德，六十有八，倜傥挺拔，声若洪钟，知书识礼，举止大气沉稳，系公司老臣。在公司营销遇到发展瓶颈时，到北京历尽艰难险阻，花时四年，取得了电信、总参、联通、电力领域入网通行证，为公司产品畅销全国创造了先决条件。又率先在广东联通签下公司的第一个上千万的大单。正当他肩负重托，全力开发石油石化上线之际，却病入膏肓，奄奄一息。

回想到此，江峰感到非常压抑，起身打量着老高的卧室兼办公室。墙上一幅苍劲有力的对联格外醒目："能文能武能奋斗，敢说敢做敢担当。"江峰想，这大概就是老高的座右铭，也是老高一生的真实写照。

这时，李仁从办公桌上拿来一幅合影照。这是当年老高与李仁在北京天安门前的留影，也是师徒俩合作的见证。

李仁，四十有余，为人低调，酒量过人，素质较为全面，系老高上线攻关的得力助手和伙伴。十几年来与老高南征北战，感情深厚，尊老高为师父。得知师父病危，心情焦灼不安，遂邀江峰同来看望。

江峰转身浏览老高文件柜内的藏书，也发现了一张熟悉的照片。那是老高与江峰在金溪山庄召开营销大会时的合影。

凝视照片，江峰想起了与老高相处的岁月。老高喜欢题诗作对，是族上和乡邻办酒的柜房先生，与爱好文学的江峰经常切磋遣词用句。老高曾任销售副总，是时任市场部长江峰的上级，工作联系密切。业余时间常聚在一起打扑克"三打哈"，相处融洽。老高现在这个样子，生死难料，不免让人伤感。

此时，高夫人端着热茶和水果上来招待两人。高夫人惶惶不安，说话有点哽咽："帅总等人已来过多次，想与老高说话。但老高已多日粒米未进，说话很艰难，看来此次是在劫难逃。"

两人安慰高夫人："你们已经尽力，只能听天由命。吉人自有天相，也许老高会有奇迹的。"

这时，床上传来老高的喘息声。两人近前一看，老高已微睁双眼。两人握住他骨瘦如柴的双手，轻声呼唤。老高眼角流出潸潸泪水，似乎想讲话，但已不能开声。

两人深感得信太迟，来得大晚，心里非常自责。

高夫人从文件柜里拿出一个档案袋，递到江李两人面前说："这是老高清醒时叫我交给你俩人的东西。"

两人接过袋子打开查看，一张打印纸上写着单位名称、人名、电话，下面附有几张合同复印件。

两人明白了，老高自知不久于人世，遂提前将未完的工作事宜移交。

一个行将就木的人还在惦记着未完的工作，这是何等强烈的责任心啊！江峰的心被深深震撼。

半个月后，传来噩耗，老高驾鹤西去。

帅总为老高主持了隆重的追悼会，在几百人的追悼会上，帅总以非常沉重的心情，朗读了一首短诗：

悼高德先生

北京公关捷报飞，

助我营销大作为。

每逢关节勇担当，

赤胆忠心众钦佩。

窗前夜话常交心，

先生善敢评是非。

天妒英才乘风去，

再有疑难可派谁？

这首诗是帅总对老高的评价，表达了他对失去爱将的哀痛和惋惜。

江峰唱了一首《望星空》进行追思："夜蒙蒙，望星空，我在寻找一颗星，一颗星，它是那么明亮，它是那么深情，那是我早已熟悉的眼睛……"

悼念归来，江峰查阅老高的业务情况。财务应收账款上显示，老高尚有近320万的货款未收回，全部在陕西，其中西安黄河电厂就欠300万之多。细看回款明细，此乃两年前欠款。查看合同，都是到期货款。询问市场部，货已发两年多了。到售后了解，黄河电厂对所购设备迟迟未予安装。上周安装时来电，要求金溪公司派员支持。五天前公司已派两名售后人员和技术部孔忠工程师前去，至今未返。

江李二人遂将老高所托催收的货款遗留情况，与营销主管周总和财务主管康茜进行沟通。征得帅总同意后，遂结伴前往西安催款和接交业务。

坐在开往西安的高铁上，二人拉开了话匣子。

原来，李仁一直在安徽电力、水利和电信上做业务，在北京成立办事处时，被公司选调进京，协助老高工作。在过去的接触中，李仁知晓老高原是江西某县环保副局长，因违反计划生育而下海经商，生意亏损时投靠帅总旗下搞销售。李仁对老高的能力和修养，早有所闻。当时帅总等公司领导已多次到京指导工作，上线入围正进入攻坚阶段，李仁立刻全身心投入进去。

江峰问李仁："你当时在京最难的事是什么？"

李仁回想了一下："最难的事就是为了疏通关节，舍命陪酒。"

江峰好奇："怎么个舍命法？"

李仁感慨地说："北京人喝酒要尽兴，酒量大，不醉不休。老高酒量有限，我只好硬着头皮上，每次都把客人搞得东倒西歪的。所幸我有喝酒的遗传基因，但天天喝肠胃却受不了，在京四年后经常要吃暖胃药。"

江峰问："北京人喝酒是不是很热闹？"

李仁说："别人我不知道，但我碰到的几个都要划拳。什么一起走啊，哥俩好呀，三星照呀，四喜财呀，五魁首呀，还有六六顺，七小巧呀，八匹马呀，久久长呀，满堂彩。输了就得喝酒。"

江峰问："北京人喝酒有没有讲究？"

李仁："讲究可多啦。例如：一端杯就得喝到底；说错话要罚酒；不能随便与人代酒；酒桌上不谈生意；敬别人，自己要喝得多；领导们喝完才能相互敬酒等等。"

江峰感慨万千："真是难为你了！你跟随老高多年，得了什么好处没有？"

李仁眼眶渐渐湿润："回想起来，还真是受益匪浅啊。一是取得了联通、电信、总参、电力四张入网证，不负公司的使命，有面子；二是共同开发广东联通订了大单；三是以联通为基础，在移动上线贯通的情况下，我独立在广东移动签下3000万大单；四是老高办事成熟老练、讲究效率、尽责担当，对我影响深远。"

"那后来在石油石化上为什么没有取得成效呢？"江峰问。

李仁叹了口气："第一年资格审查通过，第二年入了围，但要到下面签单。下面的单位分布全国，就我两人在跑，一时无从下手。花了很多时间，找了许多朋友，没有签到订单。第三年未能入围，所有的努力付之东流。唉！时运不济吧，惭愧，惭愧呀！"

江峰问："老高是怎么个心态？"

李仁说："老高脾气暴，责任心强，非常要面子。开发没有成功，心情一直是很郁闷的。一同出差，他总是长吁短叹，常常通宵失眠。"

江峰起身买了两瓶冰红茶，两人边喝边聊。

"那你准备今后怎么干呢？"

李仁说："现在上线工作要求愈来愈高，我深感力不从心了！再说完不成任务，心情是相当压抑的，干什么都没有好心情。主动让贤吧，别占着茅坑不拉屎，荒废了公司大业。我准备做点具体业务，但是原有的地盘已由他人经营，现在正无处下手。此次公司能让我接管老高在陕西的业务地盘，算是给了我一次很好的机会。"

接着又聊了一会老高在几个子女的读书、就业、婚姻上尽责担当的事情，两人不免又是一番感叹。

火车到达西安站，已是晚上十点多，赶到黄河电厂附近的长城宾馆时，金溪公司售后人员和孔忠正好收工。

经向三人了解，黄河电厂此次安装调试工作量非常大。原来有六人施工，他们三人加入后，也已连续工作八天，才接近尾声。为了赶工期，每天上午八点要干到晚上十点，中晚餐都是在现场吃盒饭，大家感到非常疲惫。电厂很满意，前几天请他们三人到馆子里海吃了一餐。

江峰将情况向主管售后的周总进行了汇报，周总指示江峰代表公司请售后等人和电厂安装人员一起吃顿饭，犒劳犒劳。

闻听此信，众人倍感温馨。

第二天上班时间，江李二人进入电厂办公大楼，到财务科对账无误后，找设备科了解设备使用和需求情况。

设备科宋科长热情地倒茶请坐，陈述情况："最早从老高手里购买你们的设备有八年了，运行从未出过问题。前年分两批买了你们三百多万设备，由于土建基础工程跟不上，去年底才安装了一部分。本来合同约定，安装是我们自己的事，但此次安装时，许多技术问题吃不消，工期紧，工作量大，只好向你们求援了。"

江峰告知老高已经仙逝，李仁接班。宋科长惊呼："难怪！老高的电话一直打不通，急死人了，好在收货单上有你们售后的电话。"随之，宋科长说老高大气爽朗很有口才，他的早逝实在令人叹惜。

江峰转身找物资科申请付款。杨科长进门握手就递烟。得知来意，抱歉地说："这几百万的付款按合同约定是我们违约了，只是厂里资金实在紧张，每月物资资金需求计划是五六百万，但财务给的付款额度只有一百万左右，哪里应付得来啊！"

接着杨科长又说："你们设备交货之后，老高打了不少个电话催款，我尽了最大的努力，每月付五万元表示诚意。"

江峰一边喝茶，一边讲好话。杨科长苦笑着说："有机会我想办法每次多付一两万吧！"

江峰不肯罢休，与杨科长纠缠起来。杨科长被说得有点不好意思了，就悄悄地说："你们找一下主管盛厂长吧，他是我们电厂的元老，学历高，技术好，会管理，有办法，清廉公正，深得大家爱戴，威望很高。看他有什么办法不？"

当天下午，江李二人找盛厂长。

盛厂长动情地说："十年前就认识老高了，他人很不错，见多识广，说话有水平，我们谈得来，他签的几个合同都是我审批的。你们的产品和售前售后服务都让我很有面子，非常感谢呀！"

接着话锋一转："谈合同，我们严重违约了，我们只谈感情。原来的款到期都付了，这几百万确实是遇到了难处，还要恳请你们公司理解通融一下啊！"

然后夸起李仁来："小李，你英俊潇洒，气度不凡，反应敏捷，年轻有为，又是老高的徒弟，想必长江后浪推前浪，开发陕西，你公司选对了人呀！"

俗话说，强拳不打笑面，二人只好退了出来。

转身又到设备科，邀请宋科长带施工人员共进晚餐。宋科长推辞了一下，最后答应召集人员到附近有点特色的餐馆就餐。

当日下午七点，八名电厂人员同时到达。经宋科长介绍，他们是技术熊科长、检修卢所长和小唐等五名技工。加上金溪的五人，共十三人入席就坐。

李仁倒酒，电厂只有宋科长、熊科长、卢所长、小唐四人接酒，金溪除李仁外都不能喝酒，大家相互理解，并未强求。

李仁率先敬酒："各位朋友，首先感谢你们对我公司产品的认可，再次感谢你们对我师父的关照，最后感谢你们与我公司人员的精诚合作。谢谢各位啦！"

稍等片刻，李仁又举杯："小李我接手师父工作，初来乍到，不懂规矩，今后还仰仗各位海涵和帮助。"

江峰一边吃饭，一边静观喝酒场面，欣赏李仁的应酬能力。

酒喝到十杯之际，宋科长抓过酒瓶对李仁说："李经理，你若要开发陕西，首先得从我们这里过。告诉你，明年有 500 万设备改造计划，过年就招标，能不能中标，就看你的造化了。你今天如果能多喝这半瓶酒，我们就全力给你推荐，保你心想事成、旗开得胜。"

电厂的人都纷纷鼓掌吆喝。面对这种挑战，李仁犹豫了一下，随即抓过酒瓶大声说："今天我宁愿伤身体，不愿伤感情。来！看家伙！"

江峰拉了拉李仁衣服，欲上前代喝一点，李仁挥手制止。

在众人的喝彩声中，李仁没有喘息，仰头像喝白开水一样"咕噜咕噜"几下，就把半瓶酒喝光了。

众人佩服，起身鼓掌。如此循环，喝酒的来神，看戏的有味，热热闹闹，融融洽洽，近两小时才结束饭局。江峰前台结账，收银员告诉他，共用了六瓶白酒，四瓶啤酒。

散场时大家聚在餐馆门口久久不愿散去。有两人有点醉意，断断续续地透露，明年的改造项目已经有几个厂商前来联系，都拜访了盛厂长和一把手方总，竞争很激烈呀！

两人回到住处，江峰连忙给李仁泡了一杯茶。李仁虽有醉意，但人还是很清醒的，对有点担心的江峰说："为了做业务，有时要豁出去。但这点酒比当年在北京攻关来说，算不得什么。我喝杯热茶，洗个热水澡，睡一觉就没事了。"

晚上，李仁睡得很沉，江峰却久久不能入睡。

江峰想：按照目前黄河电厂的付款进度，这三百多万货款起码要五六年才能付得清。如果为了加速回款，采取过激的催款方法，很有可能影响业务关系。销售员开发一个市场是何等的不容易，李仁为上线攻关已付出很多，现在开发陕西的第一个战役必须取得全胜。因此，必须想一个既能尽快回款又能拓展业务的两全之策。

江峰回忆今天与几位老总的接触，得知黄河电厂的所有人都只是从网上和老高的口中了解了一些公司的情况，对金溪电气公司并没有全面深入的了解。要在竞争中稳操胜券，只有让用户身临其境感受公司实力。那就需要把用户请到金溪公司现场来。

此时，江峰想起了自己经手过的两次大型策划筹备工作。一次是帅总金溪山庄 3000 人的开业庆典，一次是淮洲市在金溪山庄举行的 5000 人漂流节。

江峰推测，黄河电厂的人久居西北大城市，肯定对漂流感到新鲜和好奇。如果能在考察中同时获得漂流的快感，肯定能增加满意度。对，用漂流来攻关！

次日醒来，江峰将想法告诉李仁。李仁高兴了一下，随即忧心忡忡地说："接待要不少开支，不知公司会不会同意？不知电厂的人会不会去？"

江峰没有含糊，上班时间就拨通了帅总电话。帅总欣然同意，并表态今天就让市场部寄邀请函过来。

两人估计邀请函需三天才能到达，先往溪水、刘庄、河口三个单位去收三笔到期质保金。

没费多大周折，三天内三个单位共 21 万元的质保金全部办好了付款审批手续。

第四天，两人重新回到西安，直奔黄河电厂。

意想不到的是，第一次邀请就碰了壁。

各个相关部门的领导都推说忙。盛厂长指着桌上的邀请函，非常礼貌地谢绝了邀请。

回到住处，江峰总结几次接触的情况，认为要改变直接邀请的办法，花时间与电厂的人聊天，从中寻找突破口。

第二天，前往各部门闲聊。江李二人把淮洲的山水风光、美食特色、漂流的刺激性，进行了绘声绘色的讲解。并添加微信，频频发送相关照片和视频。

这一招倒是起了作用。第三天再去时，各部门人员开始询问细节。纷纷说，要是厂里能给一两天假，加上周六周日，就能感受一回了。

闲聊中得知，盛厂长平生只爱几杯小酒，对金钱财物和美色都拒之千里。二人商谈了一会，鼓足勇气敲开了盛厂长的办公室门。

没有想到，盛厂长竟然一开口就提到喝酒。

盛厂长用赞赏的语气说："小李，我们的人说你很能喝酒呀！"

李仁谦虚："哪里，哪里，盛情难却，舍命陪君子吧！"

盛厂长略为思考了一下："我现在考考你，喝酒有什么好处？"

李仁不假思索回答："适量喝酒能通筋活血，提神醒脑，延年益寿；可以消除误会，增加感情；可以使人豪情满怀，增加胆量和底气；可以排除烦恼，酣然入睡；听说常喝茅台酒还让癌症病人神奇康复。盛厂长，小李我说对了没有？"

盛厂长哈哈大笑，点头称是，接着又问："怎么辨别好酒与劣质酒？"

李仁想了想回答："从包装、颜色、味道、酒后反应等方面来辨别。"

盛厂长说："哦？说来听听。"

李仁细细道来："颜色来说，优质酒一般均以无色或微黄为主，挂杯明显，酒花均匀；等级较差的酒中，可能有无色或微量失光现象存在，且挂杯不明显。酒后反应来说：优质酒往往对人体副作用较小，酒醒后，没有不良感觉；劣质酒则有口干、上头、失忆等情况。"

盛厂长连连称赞，转身给二人泡茶。

盛厂长又问："小李，谈谈你们南方人喝酒的规矩吧。"

李仁略微停顿了一下："喝酒规矩各地有区别，我们那里是：主家斟酒，宾客需要站起或者欠身低头感谢，或用叩指礼来回敬；敬酒之后，酒壶的嘴一定不要对着客人，因为这是不敬；敬酒要按顺时针，不能厚此薄彼；跟客人碰杯，自己的手和杯子要低；酒后不能失态等等。"

盛厂长伸出拇指："行家！行家！小李真是久经（酒精）考验，应该申报酒仙或酒神称号。"

接着继续问："我也爱喝几杯小酒，亲友们在一起喝酒，怎么样才能显得喝酒有风度？"

李仁略微沉思了一下回答："我的体会是：不能一开始就猛喝，要保存实力，厚积薄发；自己敬别人，如果碰杯，说一句，我喝完，你随意，方显大度；酒后嘘寒问暖是少不了的，递上酸奶、热水、热毛巾，都显得你关怀备至；同时要记得留杯圆场酒。"

江峰在一旁听得是趣味横生，妙不可言。由衷赞叹中华酒文化的博大精深，佩服李仁见多识广，预感到今天谈喝酒可能是一场特殊的入围资格审查。

见盛厂长露出了满意的笑容，江峰适时抛出橄榄枝："盛厂长，我们是否可以请您切磋切磋？"

盛厂长："好！我正有此意，以酒会友。明天晚餐叫宋科长安排一下，咱们边喝边聊！"

李仁反应神速："初次见面，这顿饭我们请！您能赏脸光临，我们就万分荣幸了。"

盛厂长答应："好说，谁买单都一样。"

回到住处，两人高兴异常，想不到谈酒让对方有了好感，创造了进一步接触的机会。

次日中午，李仁声称做业务就得投入，不需问公司，自己掏腰包买单。遂邀宋科长同去点菜，并预订了两瓶名酒。

开餐时间一到，盛厂长信守承诺，带领八名相关部门负责人到场。

双方入席坐定，盛厂长见桌上摆着两瓶五粮液，对李仁说："谢谢你们的美意，我不喝这么贵的酒，有我们本地两百多块钱的西凤酒就足够，拿下去换了。"

推托再三，李仁只好叫服务员换酒。

盛厂长首先约定："承蒙金溪公司盛情，今天大家聚聚。每人喝到尽兴为止，不得醉酒。"

于是，双方客套一番，互相敬起酒来。

酒过三巡，盛厂长提议："咱们喝酒要有绅士风度，讲点文化氛围。古人有行酒令之风雅，今天我们效仿古人，敬酒者也必须说一句中听的雅语，对方才能喝。怎么样？"

江峰觉得有些为难，就踩了一下李仁的脚，谁知李仁摆了摆手，轻声说："临场发挥吧，不怕。"

李仁首先敬盛厂长："明月松间照，清泉石上流，贵客坐满桌，领导您先喝。"

盛厂长回敬："床前明月光，疑是地上霜，举杯邀小李，喝酒喝成双。"

李仁接着按时针顺序敬酒。

敬熊科长："天蓝蓝，海蓝蓝，一杯一杯往下传。"

敬杨科长："东风吹，战鼓擂，今天喝酒谁怕谁？"

敬宋科长："相逢不饮空归去，洞口桃花也笑人。"

敬刘科长："佳人红唇舔一舔，人兴财旺乐翻天。"

敬卢所长："能喝三两喝半斤，这样的干部要提升。"

敬办公室周主任："路见不平一声吼，请您喝下这杯酒。"

敬小唐："别人加班你加薪，数钱数到手抽筋。"

对方也不断地回敬："酒是福，酒是寿，喝了吉祥又长寿"；"关公温酒斩华雄，千古圣帝留美名"；"李白斗酒诗百篇，贵妃提靴侍酒仙"；"万里长城永不倒，美人敬酒少不了"等等。

这场酒文化的盛宴，精彩纷呈。江峰看得是赏心悦目，心旷神怡。

眼看四瓶酒只剩圆场酒了，李仁伸手去开第五瓶，却被盛厂长止住："酒就喝到这里，大家边吃饭，边听我说事。"

"本来酒桌上不谈工作，但今天人都到齐了，就听听大家意见。金溪公司反复邀请我们去考察，到底去不去？"

杨科长："买了他们那么多设备，万一出了问题，他们有没有赔偿能力？我想去看看。"

宋科长："百闻不如一见，今后还有那么多改造，到底用谁的设备，需要现场看实力。"

熊科长："技术上有几个疑难问题需要到现场才能搞明白。"

卢所长："这次安装调试，金溪的人表现相当突出，民营企业做得这么好，必有可取之处，需要学学经验啊！"

刘科长："盛厂长，两三年都没出去了，南方的漂流能不能试试味？您当领导的可要劳逸结合哦。"

盛厂长接话："我也体谅大家，此去既要把工作上的问题搞明白，又要玩一玩，这是公私参半。咱们不能假公济私让群众讲闲话呀。大家看怎么办？"

于是乎大家热烈地讨论起来。

江峰站起来表态："所有费用我们包干！"

盛厂长摆手："万万使不得，咱们必须来清去白，经得历史考验。"

又谈了好久，公说公有理，婆说婆有理，热闹得很。

最后盛厂长拍板定案："用自己周六周日的两天休息时间往返；往返火车票厂里报销；在金溪一宿两正餐由金溪公司尽地主之谊；其他费用自己买单。如果大家同意，我与方总商量后回复大家。"

话音刚落，大家高呼："盛厂长万岁！"

李仁站起来逐一倒上圆场酒，朝盛厂长举杯："天上无云不下雨，地上无人事不成。若要愿望成现实，在座各位拜托您。"

众人一齐举杯，盛厂长朗声大笑，一饮而尽。

次日十点左右，宋科长来电："已确定去贵厂考察，往返两天。行程等具体事宜与我联系。"

江李二人心花怒放，收拾行李返程。

在约定的一个周六的下午一点，翔哥等人开三辆车将八名客人从高铁站接到公司，他们是西安黄河电厂盛厂长、设备宋科长、技术熊科长、物资杨科长、财务刘科长、检修卢所长、办公室周主任、维修工小唐。

帅总等领导迎接，将客人引进接待室。

稍事休息，企管朱枫主任用投影仪致欢迎词和介绍公司，引导客人参观荣誉室。然后，在帅总、康总、营销总监周总、质量总监李总、工程师孔忠、李仁、江峰等人陪同下，客人前往车间参观。

历时近三个小时的现场询问和答疑。客人们非常满意，纷纷伸出拇指进行夸奖。

见客人此行的主要目的达到，帅总大手一挥："走！上金溪山庄。"

盛厂长、宋科长、江峰和帅总乘坐翔哥的车。刚上车，盛厂长就迫不及待地问帅总："帅总，您的产业做到这样大的规模，产品和服务都这么好，请问您有什么成功经验？能分享一下吗？"

帅总笑着说："说来话长，简单地说说吧。我主要把握好了几个关节点。第一个关节点就是办厂，从根本上摆脱贫困而致富。当时贷款三千元起家，办了废旧金属冶炼厂、烟花材料化工厂，赚了约两百万。第二个关节点，就是研制生产蓄电池。一次出差途中，我从《中国电子报》上得知，无锡某单位研制用途广泛的蓄电池，因经费短缺被迫下马，希望有识之士投入人力物力，共同研制，分享成果。这是列入了国家火炬计划的重大项目，我立即携带全部家当两百万元去了无锡。尽经千难万险，花了四年多时间，终于在山沟里搞成功了。第三个关节点，就是从山沟里搬来工业园。金溪地方偏僻，交通不便，能源不足，像瓶颈一样制约了公司发展。公司现在的位置，当时还是荒山，人迹罕至，杂草、荆棘、藤蔓漫山遍野。大家都不看好那地方，但我力排众议，以1050元/亩的价格向村民买下200亩荒山，建成了你们刚才看到的样子。现在这里的地价涨到了40万每亩，您看我省了多少钱？"

"帅总您真是高瞻远瞩啊！"宋科长由衷赞叹。

"第四个关节点就是掌控销售。一方面重用有能力的人开拓市场，另一方面采用销售员喜欢的全包干政策，另外就是自己出面处理市场开发上的重大事项，如办各种入网证，开发铁路、地铁市场。尽管营销总管换来换去，但营销大局一直是稳定的，业绩是逐年递增的。"

盛厂长连连点头："您抓住了龙头！"

宋科长则问："帅总，您产品技术和管理靠什么来支撑？"

帅总脱口而出："靠人才呀，我聘请了国内的七八个技术权威作顾问，如沈阳的张勃然、重庆的吴寿松、武汉的李中吉、湘潭的李中奇等人；引进四川的蒋有为、江西的王如松等技术顶尖人才；培养本地人才，如国企技术精英、管理骨干，和土生土长的工程师，不断地送他们去培训学习。江峰就是原国企副厂长嘛。"

"人才兴业，许多人都只挂在口头上，而您是真真正正做到了。"盛厂长感慨道。"此外，您有强烈的事业心和远大理想，有不屈不挠的意志，有不同寻常的眼光和魄力，有凝聚人心的人格魅力。是这些多方面优秀素质的综合作用，成就了您辉煌的伟业，真是了不起。要在战争年代您起码是个将军，甚至是元帅。"

帅总淡然一笑说："哪里哪里，过奖啦！这首先要感谢党的富民政策、政府相关部门领导的支持，其次要感谢社会各界有识之士的帮助，更要感谢许多专家和友人的关爱、员工的奉献、家人的付出。没有社会各方面的支持与配合，再好的蓝图也只是空中楼阁，谈何事业啊。"

经过五十多分钟，车子进入山庄大门，十六个耀眼的大字悬挂在道路两旁的山墈上："设施先行，旅游带动，农工并举，共奔小康。"

一道水泥大坝横亘在车子面前，帅总带头下车。众人下车细看，坝内蓄水碧波荡漾，三五条鱼儿自由自在游来游去。

猛抬头，矗立在半山腰的金溪山庄吸引住众人的眼球。它具有现代的风格，又不乏传统建筑的古色古香。

帅总兴致勃勃地向大家介绍起来："这里是鱼塘和山庄，往山里几公里是狩猎场，山下面是漂流。山庄总山林面积（已流转）680亩，建筑面积5千多平方。这些都是我回报家乡，以工业反哺农业，通过旅游来带动当地经济发展的一种尝试。"

刘科长问："这么浩大的工程，您肯定花了不少银子吧？"

帅总轻松地说："山庄及漂流（包修水库，修路，加电）投入3000多万，山林土地有些是农民入股的。"

宋科长赞叹不已："大胸怀，大气派，大手笔，千秋伟业啊！让我等佩服得五体投地。敬仰敬仰！"

众人纷纷感叹，赞美之声不绝于耳。

大家顺着一条盘山公路行走几分钟，就到达了山庄的门口。呈现在面前的是楼台亭榭、花木水池，交相辉映。

帅总站在山庄门前的大坪上，指着山下的几个地方说："在漂流起点建一个中型水库；在金溪村通往国家森林公园的道路接口建一个商贸街；在金溪河上建六座水坝，两岸栽满鲜花；把山庄打造成一大型培训基地。这是我有生之年要实现的四个心愿。"

众人赞不绝口，一致祝愿帅总心想事成。

众人走进宽阔亮堂的大厅，服务台背景墙上三块匾牌闪闪发亮：《湖南省乡级旅游区（点）》《湖南省休闲农业与乡级旅游五星级企业（园区）》《长沙市旅游五星级农庄》。

众人打量着大厅两侧，一边是鲜艳大气的腊梅报春图，一边是题词书法，让人顿觉书香四溢，高雅亮丽。

江峰上前介绍："这墙画都是著名书画家杨艾湘先生的墨宝。"

"欢迎欢迎！"从内屋飞出来一串笑声，众人闻声看去，走出来一位靓丽女士。只见她穿着一套深蓝色绣着花边的套裙，恬淡简朴，娉婷婉约，娇艳俏丽。一颦一笑散发着迷人的魅力。两道纤眉弯弯，额头饱满圆润，一脸旺夫相。最引人注目的是，那浓厚乌黑的披肩长发，犹如黑色的瀑布悬垂于半空之中。

江峰连忙介绍："这是我们老板娘。"

老板娘优雅大方地和客人握手，热情招呼客人在大厅两侧坐下。

两名服务员端来两盆热茶，老板娘说："这是山里的柚子蜂蜜茶，来，大家解解渴。"

众人纷纷伸过手来端茶。老板娘喜滋滋地说："欢迎各位稀客远道而来，这里是我在打点，有何需要尽管吩咐。"

大家一边喝茶，一边听老板娘有条不紊地介绍这里的旅游情况："去年高峰时每天有 2000 多游客，经常有人争船抢号。现在已进入旺季了，今天下午刚结束 1500 人的漂流，有点忙。不过大家放心，各位的餐宿都安排好了，金溪公司还专门为大家准备了一场土色土香的欢迎晚会。"

有几个人感到好奇，开始交头接耳议论。

老板娘接着说："现在是五点多，大家先到服务台拿房卡，进房洗漱休息一会，六点半准时到后面的餐厅就餐。就餐后大家可以到健身房、球室、麻将房玩玩，晚八点到三楼观看专场晚会。明天是漂流，下午就送各位返程。这样安排不知大家满意不满意？"

盛厂长伸出拇指："很好很好！考虑得很周全。"

老板娘说："那好，祝各位在这里吃得习惯，住得舒服，玩得开心。"

于是，客人们上楼休息。这时，晚会的演职人员陆续到来，大厅热闹起来。

江峰洗漱完毕，抽了两根烟，到客房中巡视起来。走到盛厂长房门口，从半开的门看去，几个客人正和盛厂长说话，江峰走了进去。

刘科长羡慕地对江峰说："你们老板娘好美啊！"

江峰笑了笑："您看到的只是外表，其实她内在的心灵更美呢！"

江峰趁此机会，将老板娘的人格、品质、性情、修养等绘声绘色地介绍了一番。

刚说完，宋科长就一迭连声地说："了不得，了不得！我看嘛，是绿叶配红花。如果说帅总是红花，老板娘就是绿叶。有绿叶衬托，红花才能光鲜亮丽。"

大家一齐鼓掌，纷纷说宋科长说得精准。

晚餐时，帅总与盛厂长等八人入席就坐，江峰和李仁坐在餐桌旁边。

看到桌上的红薯宝饮料，客人好奇地拿起来细看。

帅总介绍说："这是我开发的红薯饮料。红薯又称地瓜、番薯、白薯、甘薯等，药食兼用，含有淀粉、维生素、纤维素，还有丰富的镁、磷、钙等矿物质。这些物质能保持血管弹性，防治习惯性便秘，减少肠癌的发生，防治血液中胆固醇的形成，预防冠心病。还可调节人体碱性平衡，是减肥的理想食品。"

众人迫不及待喝起来，果然，口感清爽、原汁原味。

帅总见李仁已给客人斟完酒，又上来了几个菜，就端着杯茶水站起来致欢迎词：

"各位专家领导，你们一路车马劳顿来到山庄，我谨代表金溪公司全体员工，热烈欢迎你们的到来。你们在城里吃惯了大鱼大肉，今天我用乡里土菜给大家换换口味，为大家接风洗尘。本人不善饮酒，就以茶来代酒，敬各位一杯。"

众人响应，喝酒的，喝饮料的，喝茶水的，一起干杯。

李仁接上："有朋自远方来，不亦乐乎！我通敬一杯。"

于是，大家热热闹闹的吃喝起来，一派融洽欢乐的气氛。

吃饭的开始盛饭，打开饭煲一看，掺有红薯丝的米饭香气扑鼻而来。

细看桌上的菜，都是地方特色浓郁的风味菜：黑木耳、蒸洋鸭、炒竹笋、油淋辣椒、农家豆腐、米汤芋头、清炖土鸡、小弯豆炒酸菜、盐菜扣肉，还有降血压的野芹菜。这些菜都是山冲里栽的无公害蔬菜。

盛厂长感慨地对大家说："菜的品种看起来很寻常，吃起来色香味却大不相同啊！"

　　帅总微笑着说："我们这里的菜，除了无公害之外，水也很重要。炒菜用的都是岩缝中流出来的天然矿泉水，加上烧的都是柴火，全程天然无公害，当然味不同。"

　　话音刚落，老板娘笑盈盈的端着杯子过来了："对不起，还没给客人敬酒呢！"

　　她拿起热水壶想倒白开水，宋科长一把按住老板娘的手，抓起李仁面前的酒瓶恭恭敬敬地给老板娘倒上一杯："东家不饮客不尝啊！"

　　盛厂长则端着杯向老板娘说："您为我们辛苦啦，我们应该借花献佛，敬您一杯。"

　　江峰知老板娘不胜酒力，准备上前接杯。老板娘却出人意料地接过酒，一饮而尽，众人鼓掌。

　　老板娘礼貌地告辞："大家满意了吧？马上还有八桌演职人员要开餐，实在分不开身，失陪！失陪！"

　　江峰晚上要演出，与桌上的人逐一打了个招呼，提前离席化妆去了。

　　当江峰提前十几分钟进场时，晚会现场已座无虚席。晚会主持人正在向与会客人发节目单。

　　八点整，主持人王丛、杨萍致开场白，拉开了晚会序幕。

　　第一个是市场部杨丹、孔咪等十人的表演唱《天女游山庄》节目，再现帅总回报社会，用旅游带动当地经济，建成山庄。天庭十位仙女闻讯下凡，结伴游山庄的场景。市场部杨丹孔咪等美女们个个婀娜多姿，身轻如燕，飘飘欲仙，一下就吸引了大家的眼球。加上语言精准传神、表达自然真切、声音悦耳动听，引来阵阵掌声。

　　第三个节目是工会朱枫、何剑等十对男女的现代交谊舞，表现的是现代都市人的生活。男士西装革履，英俊潇洒，女士长裙飘飘，优雅漂亮。演出动作整齐划一，节奏欢快明亮。高雅的气质，优美的舞姿，博得观众好几次掌声。

　　第五个节目是后勤聂桃、胡彤等四人表演的三句半《快乐的金溪人》，锣鼓响亮闹台，语言幽默风趣。把金溪人的工作、生活刻画得惟妙惟肖，形象生动，又是暴雨般的掌声。

第六个是王丛、杨萍二人表演的相声《相亲》节目，讲述的是一对到产业园打工的异性文化青年，巧遇产生爱情，中途发生误会，闹出许多笑话，最后终成眷属的故事。王杨二人逼真传神的表演和诙谐的对白，多次引来观众爆笑。有趣的是，这个相亲的故事在后来的现实生活中真实上演了，主角正是小王本人。

第八个是江峰、黄梅的男女二重唱《刘海砍樵》《夫妻双双把家还》节目，两人亲热和谐，表情夸张，词腔精准清亮，曲调优美喜庆，台下掌声一浪接一浪。

第十个是办公室李真、汤苗等四人表演的花鼓戏《领学钱》节目，讲述的是帅总捐资助学的故事。台词个性分明，花鼓调子优美动听，故事情节起伏跌宕，扣人心弦，感人至深。

掌声、笑声、欢呼声、呐喊声，排山倒海般涌来，一次次掀起晚会高潮。帅总与客人激动得先后起身上台与演员们握手拥抱。

晚会在高潮中落幕，客人回房休息。

次日早餐，客人们对晚会的评价远远超出江峰的预料。

财务刘科长说："太搞笑了，好几个节目让我肚子都笑疼了，难得的是通俗但不庸俗。"

办公室周主任说："十几个节目，我是聚精会神看完了，全是正能量的节目。正能量节目能让大家喜闻乐见，确实不简单。"

技术熊科长说："我留心关注了演节目的人，他们都是公司员工，门外汉能达到这样专业的水准，不知要花多少力气。"

盛厂长伸出拇指："晚会节目无论艺术性还是思想性，都是高端水平。特别是你们员工的热心和激情，让我们钦佩和感动。我敢断言，有这样的企业文化作底蕴，金溪公司还会有几次更大的腾飞！"

客人的盛赞，让陪餐的帅总、江峰、李仁等人，获得了极大的安慰和鼓励。

早餐后，帅总要回公司开会。在客人的两三致谢中相互握手告别，翔哥的车子渐渐远去。

上午九点，旅游观光车接漂流的客人到达更换衣鞋的终点站。

客人好奇地东张西望：一座座苍翠欲滴的山峦，陡峭雄伟；一条晶莹剔透的河，清澈见底；一排整齐的洗澡换衣房，简单却又精致；一块巨大的金溪漂流广告耸立面前。众人仔细一看，上面这样写着：

尊敬的游客：

欢迎您来到金溪。

金溪漂流距省会长沙100公里，上有云汋山国家森林公园，下有龙虎风景区。漂流河道全程5公里，落差160米，弯道30个。河道两岸山清水秀，树木葱茏、鸟语花香，天然景点繁多，都是鬼斧神工。这里，既是年轻人探险寻幽的胜地，又是老者吐故纳新的理想场所，也是妇女儿童亲情戏水之乡，更是情侣罗曼蒂克之谷，都市白领休闲度假的绝妙之处。置身于山水间，在千姿百态的岩石间穿梭，在银白的沙滩上起舞，在峡谷间流淌，听天籁之音，感受大自然的恩赐，足以让人流连忘返！

您的光临，是我们的荣幸！祝您平安出行，快乐漂流！

大家看完，迫不及待地登上了前往漂流起点的观光游览车。

漂流起点是个大水潭，水质清澈，碧波荡漾。大家穿上救生衣，坐在皮筏艇上，拿起刚买的水枪、水瓢，快活地打起水仗来。只见池里水花四溅，嬉闹之声不绝于耳。

随着开闸员的一声大喊："开漂啦！"皮筏艇相继进入第一个急流滑道，骤然从高处跌落。冰凉的溪水像猛兽般冲击着身体，浑身立刻湿透。水声喧哗，波涛起伏，一声声惊叫后，又归于平静。

盛厂长和刘科长冲在最前头，江峰、李仁则负责断后。

橡皮艇时而轻盈如燕，时而奔腾如虎，一路漂荡，一路欢叫。穿丛林、越河谷，用移动的视角欣赏沿途美景，感受森林的植被风貌带给视觉的冲击。绿树苍翠，新鲜自然的空气扑面而来，江峰深深吸一口带有野花幽香的山间空气，让肺部感受着大自然的清新和凉爽。

顺流如下，漂流到了平缓区，江、李二人坐在皮筏艇上随波漂流，好不悠闲。抬头仰望着两旁的景色，发现正处于两山之间的一个峡谷里，头顶有几只小鸟飞过，欢快的鸣叫声在耳边响起。

历经一个多小时，皮筏艇漂到了终点，大家兴高采烈地上岸。刘科长则"哇哇哇"地叫唤着。原来她中途没抓稳皮筏艇上的拉绳，过险滩时落水了。救生员及时把她捞了起来，虽然有惊无险，但全身湿透。

沐浴更衣时，大家七嘴八舌热评开了。有的说泉水太纯啦，有的说山林太美啦，更多的说冲浪太刺激啦。卢所长则欢呼起来："太爽啦！"

在停车坪，盛厂长向大家谈经典感受："同志们，在激流处冲浪，在跌落中受挫，在旋转中迷惑，在碰撞中拼搏，在平静中悠闲，人生旅途不就是和漂流同样的感受吗？"

众人上前向江、李二人道谢，一致说："感谢贵公司，感谢帅总，感谢江李二人，让我们充分体验了一回漂流的情趣，感受了一次人生的激情拼搏和冲刺，有机会还要带家人同来，共享漂流欢乐。"

中餐换上了黑山羊粉皮、辣椒炒土鸡、蒸大块腊肉、肉沫豆渣等。大家略感疲惫，喝酒的也就小酌了几杯，李仁没有再敬。

看到离客人启程还有半个多小时，江、李二人到房间看望客人。

两人敲开盛厂长房门，盛厂长、刘科长、宋科长、杨科长四人在座。

见江、李二人进门，盛厂长起身递烟，然后微笑着拍了拍江、李二人肩膀："不错，百闻不如一见，此次亲身体验，真正是赏心悦目，眼界大开。"

江峰抱拳："招待不周，敬希海涵。请多提宝贵意见。"

盛厂长说："哪里有什么意见，我们要好好向你们学习呢！"

盛厂长话题一转："既然相互诚心，咱们就言归正传。刚才大家议了好久，一致认为帅总的伟业我们要给力，同时也是为了履行合同约定。经商议决定：回去用现有新设备向银行抵押贷款500万，把欠你们的钱优先付清；你们马上安排孔忠工程师过来，与我方技术人员共同设计好明年的改造方案，并提前在元旦前公开招标。你们的标书就不用做了，只要报价与别人偏差不大，优先中标。这事我刚与方总电话议决，提前祝贺你俩。"

众人以掌声表示认同。江、李二人自是欣喜万分，上前递烟致谢并挽留客人。

盛厂长挥挥手："公务繁忙，不能久留，后会有期！"

下午两点整，客人下楼告别。盛厂长握着老板娘的手，动情地说："尊敬的老板娘，开了眼界，长了见识，满载而归，不虚此行，请代我向帅总致谢！"

江、李二人陪送到高铁站，电厂八位客人欢欢喜喜踏上归程。

江、李二人自知瓜熟蒂落，未再催促。两个月后，黄河电厂所欠300万老款分三次到账。春节前，李仁也如愿签下了黄河电厂改造所需直流和电池设备480万的购销合同。

不知不觉又到清明，江峰邀来李仁、王丛、黄亮、周勇、黎铁、朱枫、李义、涂跃、潘宁等老高的生前好友，在其家人的带领下，爬过山坳，来到老高墓前烧纸焚香，将临终所托之事的完成情况告慰老高。

站在高德坟前，江峰百感交集，无限感慨。感受企业从五千万发展到五个亿规模的欢愉，回想二十年收账的种种艰难，江峰觉得自己也和高德一样，都是尽责担当之人，无愧于这个伟大的时代！

迎着一轮暖阳，朝着远方的天空，江峰与众人一齐放声高唱：

"滚滚长江东逝水，浪花淘尽英雄。是非成败转头空，青山依旧在，几度夕阳红……"

后 记

创作小说是我读高中时的梦想。然而，为生活奔波劳碌的种种艰难，渐渐磨灭了创作的热情、欲望。

我在民企供职的二十年中，目睹了一些人在经济转型过程中对诚信、良心、担当、感恩、情义这些中华民族传统美德的缺失，深感加强企业管理从源头杜绝或减少陈年死债的发生是何等重要。觉得有义务将企业管理的理念、经验、教训提醒众多的创业者；有责任弘扬人性的光辉，批判人性的弱点，警示后人；有必要将不违法的收账思路和方法告之为债所困的人们。于是我产生了创作的热情和欲望。

本书能够面世，首先感恩黎福根先生的大力支持，其次感恩何品荣老师几十年来的教诲、督促、指点，再次感恩陶维学、陈姣、陈怀奇、杨静、修哥等人的激励和帮助，最后感恩市作协谢利文、刘廷树两位先生成就了我的小说面世梦想！谨在此深情道一声：谢谢你们！

本书不足之处期待读者指正！

黄新国

2021 年 8 月